U0857055

守住一颗宁静的心

林清玄 著

北京出版集团公司
北京十月文艺出版社

目 录

○ 壹

守住一颗宁静的心

○ 贰

心灵的护岸

○ 叁

岁月的灯火都睡了

○ 肆

修心是一辈子的事儿

○ 伍

保持心海的单纯平静

○ 陆

不宠不惊过一生

○

壹

守住一颗宁静的心

青山元不动

我从来不刻意去找一座庙宇朝拜。

但是每经过一座庙，我都会进去烧香，然后仔细地看看庙里的建筑，读着到处写满的、有时精美得出乎意料的对联，也端详那些无比庄严、穿着金衣的神明。

大概是幼年养出来的习惯吧！每次随着妈妈回娘家，总要走很长的路，有许多小庙神奇地建在那一条路上，妈妈无论多急地赶路，必定在路过庙的时候进去烧一把香，或者喝杯茶，再赶路。

爸爸出门种作的清晨，都是在庙里烧了一炷香再荷锄下田的。夜里休闲时，也常和朋友在庙前饮茶下棋，到星光满布才回家。

我对庙的感应不能说是很强烈的，但却十分深长。在许许多多的庙中，我都能感觉到一种温暖的情怀，烧香的时候，就好像把自己的心情放在供桌上，烧完香整个人就平静了。

也许不能说只是庙吧，有时是寺，有时是堂，有时是神坛，反正是有着庄严神明的处所，与其说我敬畏神明，还不如说是一种来自心灵的声音，它轻浅的弹奏触动着我；就像在寺庙前听着乡人夜晚弹奏的南管，我完全不懂得欣赏，可是在夏夜的时候聆听，仿佛看到天上的一朵云飘过，云后闪出几粒晶灿的星星，南管在寂静之夜的庙里就有那样的美丽。

新盖成的庙也有很粗俗的，颜色完全不调谐地纠缠不清，贴满了花草浓艳的艺术瓷砖，这使我感到厌烦；然而我一想到童年时看到如此颜色鲜丽的庙就禁不住欢欣跳跃，心情便接纳了它们，正如渴着的人并不挑拣茶具，只有那些不渴的人才计较器皿。

我的庙宇经验可以说不纯是宗教，而是感情的，好像我的心里随时准备了一片大的空地，把每座庙一一建起，因此庙的本身是没有意义的。记得我在学生时代，常常并没有特别的理由，也没有朝山进香的准备，就信步走进后山的庙里，在那里独坐一个下午，回来的时候就像改换了一个人，有快乐也沉潜了，有悲伤也平静了。

通常，山上或海边的庙比城市里的更吸引我，因为山上或海边的庙虽然香火寥落，往往有一片开阔的景观和人地。那些庙往往占住一座山或一片海滨最好的地势，让人看到最好的风景。最感人的是，来烧香的人大多不是有所求而来，仅是来烧香罢了，也很少人抽签，签纸往往发着黄斑或尘灰满布。

城市的庙不同，它往往局促一隅，近几年因大楼的兴建更被围得完全没有天光；香火鼎盛的地方过分拥挤，有时烧着香，两边的肩膀都被拥挤的香客紧紧夹住了。最可怕的是，来烧香的人都是满脑子的功利，又要举家顺利，又要发大财，又要长寿，又要儿子中状元，我知道的一座庙里没几天就要印制一次新的签纸，还是供应不及，如果一座庙只是用来求功名利禄，那么我们这些无求的只是烧香的人，还有什么值得去的呢？

去逛庙，有时也有意想不到的乐趣。有的庙是仅在路上捡到一个神明像就兴建起来的，有的是因为长了一棵怪状的树而兴建，有的是那一带不平安，大家出钱盖座庙。在台湾，山里或海边的庙宇盖成，大多不是事先规划设计，而是原来有一个神像，慢慢地一座座供奉起来；多是先只盖了一间主房，再向两边延展出去，然后有了厢房，有了后院；多是先种了几棵小树，后来有了遍地的花草；一座寺庙的宏规是历尽百年还没有定型，还在成长着。因此使我特别有一种时间的感觉，它在空间上的生长，也印证了它的时间。

观庙烧香，或者欣赏庙的风景都是不足的；最好的庙是在其中有一位得道者，他可能是出家修炼许久的高僧，也可能是拿着一块抹布在擦拭桌椅的毫不起眼的俗家老人。在他空闲的时候，我们和他对坐，听他诉说在平静中得来的智慧，就像坐着听微风吹拂过大地，我们的心就在那大地里悠悠如诗地醒转。

如果庙中竟没有一个得道者，那座庙再好再美都不足，就像中秋夜里有了最美的花草而独缺明月。

我曾在许多不知名的寺庙中见过这样的人，在我成年以后，这些人成为我到庙里去最大的动力。当然我们不必太寄望有这种机缘，因为也许在几十座庙里才能见到一个，那是随缘！

最近，我路过新北市的三峡镇，听说附近有一座风景秀美的寺，便放下俗务，到那庙里去。庙的名字是“元亨堂”，上千个台阶全是用一级级又厚又结实的石板铺成，光是登石级而上就是几炷香的工夫。

庙庭前整个是用整齐的青石板铺成，上面种了几株细瘦而高的梧桐和几丛竹子；从树的布置和形状就知道不是凡夫所能种植的。庙的设计也是简单的几座平房，全用了朴素而雅致的红砖。

我相信那座庙是三莺一带最好的地势，站在庙庭前，广大的绿野蓝天和山峦尽入眼底，在绿野与山峦间一条秀气的大汉溪如带横过。庙并不老，对于现在能盖出这么美的庙，使我对盖庙的人产生了最大的敬意。

后来打听在庙里洒扫的妇人，终于知道了盖庙的人。听说他是来自外乡的富家独子，一生下来就不能食荤的人，二十岁的时候发誓修性，便带着庞大的家产走遍北部各地，找到了现在的地方。他自己拿着锄头来开这片山，一块块石板都是亲自铺上的，一棵棵树都是自己栽植的，历经六十几年的时间才有了现在的规模。至于他来自哪一个遥远的外乡，他真实的名姓，还有他传奇的过去，都是人所不知，当地的人只称他为“弯仔师父”。

“他人还在吗？”我着急地问。

“还在午睡，大约一小时后会醒来。”妇人说，并且邀我在庙里吃了一餐美味的斋饭。

我终于等到了弯仔师父，他几乎是无所不知的人，八十几岁还健朗风趣，上自天文，下至地理，中谈人生，都是头头是道，让人敬服。我问他年轻时是什么愿力使他到三峡建庙，他淡淡地说："想建就来建了。"

谈到他的得道。

他笑了："道可得乎？"

叨扰许久，我感叹地说："这么好的一座庙，没有人知道，实在可惜呀！"

弯仔师父还是微笑，他叫我下山的时候，看看山门的那副对联。

下山的时候，我看到山门上的对联是这样写的：

青山元不动

白云自去来

那时我站在对联前面才真正体会到一位得道者的胸襟，还有一座好庙是多么的庄严，他们永远是青山一般，任白云在眼前飘过。我们不能是青山，让我们偶尔是一片白云，去造访青山，让青山告诉我们大地与心灵的美吧！

我不刻意去找一座庙朝拜，总是在路过庙的时候，忍不住地想：也许那里有着人世的青山，然后我跨步走进，期待一次新的随缘。

无关风月

晨钟

对压伤了的芦苇，不要折断；
对点残了的蜡烛，不要吹灭。

有一年冬天天气最冷的时候，我住在高雄县的佛光山上，我是去度假，不是去朝圣，每天过着与平常一样的生活，睡得很迟。

一天，我睡觉的时候忘了关窗，半夜突然下起雨刮起风，风雨打进窗来把我从沉睡中惊醒，在温热的南部，冬夜里下雨是很稀少的事，我披衣坐起，将窗户关上，竟再也不能入眠。点了灯，屋上清光一脉，桌上白纸一张，在风雨之中，暗夜中的灯光像花瓣里的清露，晶莹而温暖，我面对着那一张本来应该记录我生活的白纸，竟一个字都无法下笔。

我坐在榻榻米上，静听从远方吹来的风声，直到清晨微明的阳光照映入窗，室内的小灯逐渐灰暗下来。这时候，寺庙的晨钟“当”一声破空而来，“当——当——当”，沉厚悠长的钟声遂一声接一声地震响了长空，我才深刻地知觉到这平时扰我清梦的钟声是如此纯明，好像人已站在极高的峰顶，那钟声却又用力拉拔，要把人超度到无限的青空之中，那是空中之音，清澈玲珑，不可凑泊；那是相中之色，羚羊挂角，无迹可循。

我推窗而立，寻觅钟声的来处，不觅犹可，一觅又使我大大地吃了一惊，只见几不可数的和尚和尼姑，都穿着整齐的铁灰色袈裟，分成两排长列，鱼贯地朝钟声走去，天上还下着小雨，他们好像无视于这尘世的风雨，一一走进了钟声的包围之中。

和尚尼姑们都挺直腰杆，微俯着头，我站在高处，看不见任何一个表情，却看到他们剃得精光的头颅在风雨迷茫中闪闪生亮；一刹那，微微的晨光好像便普照了大地。那一长串钟声这时美得惊心，仿佛是自我的心底深处发出来，然后和尚尼姑诵晨经的声音从诵经堂沉厚地扬散出来，那声音不高不低不卑不亢，使大地在苏醒中一下子祥和起来。微风吹遍，我听不清经文，却也不免闭目享受那安宁的动人的诵经声。

那真是一次伟大的经验，听晨钟、想晨经，在风雨如晦的江湖一间小小的客房中。

对于和尚尼姑，我一向怀有崇仰的心情，是起源于我深切地知道他们原都是人世间最有情的人，而他们物外的心情是由于在人世的涛浪中醒悟到情的苦难、情的酸楚、情的无知、情的怨憎，以及情所能带给人无边的恼恨与不可解，于是他们避居到远远离开人情的深山海湄，成为心体两忘的隐遁者。

可是，情到底是无涯无际的广辽，他们也不免有午夜梦回的时刻、有寂寞难耐的时刻，这时便需要转化、需要升华、需要提醒。暮鼓晨钟在午夜梦回之后的清晨，在彩霞满天、引人遐思的黄昏提醒他们，要从情的轮回中跃动出来，从无边的苦中惊觉到清净的心灵。诵经则使他们对情的牵系转化到心灵的单一之中，从一遍又一遍单调平和的声音里不断地告诫自己、洗练自己，从人世里超脱出来。而他们的升华，乃是自人世里的小情小爱转化成为世人的大同情和大博爱。

到最后，他们只有给予，没有收受，掏肝掏肺地去爱一些从未谋面的、在人世里浮沉的人，如果真有天意、真有佛心，也许我们都曾在他们的礼赞中得到一些平和的安慰吧！

然而，日复一日的转化、升华和提醒是如此的漫长无尽，那是永远不可能有解答、永远不可能有结局的，虽然只是钟声、经声，以及人间的同情，都不是很容易的事。

我想到人，人要从无情变成有情固然不易，要由有情修得无情或者不动情的境界，原也是这般的难呀！

苦难终会过去的，和尚与尼姑们诵完经，鱼贯地走回他们的屋子，有一位知客僧来敲我的门，要我去用早膳。这时我发现，风雨停了，阳光正在山头一边孤独的角落露出脸来。

布袋莲

七年前我租住在木栅一间仓库改成的小木屋，木屋虽矮虽破，我却因屋外风景无比优美而觉得饶有情趣。

每日清晨我开窗向远望去，首先看到的是种植在窗边的累累木瓜树，再往前是一棵高大的榕树，榕树下有一片田园栽植了蔬菜和花圃，菜园与花圃围绕起来的是一个大约有半亩地的小湖，湖中不论春夏秋冬，总有房东喂养的鸭鹅在其中游嬉。

我每日在好风好景的窗口写作，疲倦了只要抬头望一望窗外，总觉得胸中顿时一片清朗。

我最喜欢的是小湖一角长满了青翠的布袋莲。布袋莲据说是一种生殖力很强的低贱水生植物，有水的地方随便一丢，它就长出来了，而且长得繁茂强健。布袋莲的造型真是美，它的根部是一个圆形的球茎，绿的颜色中有许多层次，它的叶子也奇特，圆弧形地卷起，好像小孩仰着头望天空吹着小喇叭。

有时候，我会捞上几朵布袋莲放在我的书桌上，它没有土地，失去了水，往往还能绿很长一段时间，而且它的枯萎也不像一般植物，它是由绿转黄，然后慢慢干去，格外惹人怜爱。

后来，我住处附近搬来一位邻居，他养了几只羊，他的羊不知为什么喜欢吃榕树的叶子，每天他都要折下一大把榕树叶去养羊。到最后，他干脆把羊拴在榕树下，爬到树上摘叶子，才短短的几个星期，榕树叶全部被摘光了，剩下光秃秃的树枝，在野风中摇摆褪色的秃枝。

我憎恨那个放羊的中年汉子。

榕树叶吃完了，他说他的羊也爱吃布袋莲。

他特别做了一支长竹竿来捞取小湖中的布袋莲，一捞就是一大把，一大片的布袋莲没有多久就全被一群羊儿吃得一朵不剩。我虽几次制止他而发生争执，但是由于榕树和布袋莲都是野生，没有人种它们，它们长久以来就生长在那里，汉子一句话便把我问得哑口无言：“是你种的吗？”

汉子的养羊技术并不好，他的羊不久就患病了；不久，他也搬离了那里，可是我却过了一个光秃秃的秋天，每次开窗就是一次心酸。

冬天到了，我常独自一个人在小湖边散步，看不见一朵布袋莲，也常抚摸那些被无情断丧的榕树枝，连在湖中的鸭鹅也没有往日玩得那么起劲。我常在夜里寒风吹响的窗声中，远望在清冷月色下已经死去的布袋莲，心酸得想落眼泪，我想，布袋莲和榕树都在这个小湖永远地消失了。

熬过冬天，我开始在春天忙碌起来，很怕开窗，自己躲在小屋里整理未完成的稿件。

有一日，旧友来访，提议到湖边散散步。我惊讶地发现榕树不知道什么时候萌发了细小的新芽，那新芽不是一叶两叶，而是千叶万叶，凡是曾经被折断的伤口边都冒出四五朵小小的芽，使那棵几乎枯去的榕树好像披上一件缀满绿色珍珠的外套。布袋莲更奇妙了，那原有的一角都已经扑满，还向两边延伸出去，虽然每一朵都只有一寸长，更因为低矮，使它们看起来更加缠绵，深绿还没有长成，是一片翠得透明的绿色。

我对朋友说起那群羊的故事，我们竟为了布袋莲和榕树的更生，快乐得在湖边拥抱起来，为了庆祝生的胜利，当夜我们就着窗外的春光，痛饮得醉了。

那时节，我只知道为榕树和布袋莲的新生而高兴，因为那一段日子活得太幸福了，完全不知道它有什么意义。

经过几年的沧桑创痛，我觉得情感和岁月都是磨人的，常把自己想成是一棵榕树，或是一片布袋莲，情感和岁月正牧着一群恶羊，一口一口地啃吃着我们原本翠绿活泼的心灵。有的人在这些啃吃中枯死了，有的人失败了，枯死和失败原是必有的事，问题是，东风是不是再来，是不是能自破裂的伤口边长出更多的新芽。

当然，伤口的旧痕是不可能完全复合的，被吃掉的布袋莲也不可能更生，不能复合不表示不能痊愈，不能更生不表示不能新生，任何情感和岁月的挫败，总有可以排解的办法吧！

我翻开七年前的日记，那一天酒醉后，我歪歪斜斜地写了两句话：

要为重活的高兴，
不要为死去的忧伤。

片片催零落

从小，我就是个沉默但好奇的孩子，有什么好玩的事总是瞒着父母奔跑去看，譬如听说哪里捕到一条五脚的乌龟，我是冒着被人踩扁的危险，也要钻到人丛中见识见识；有时候听到什么地方卖膏药的人会“杀人种瓜”的法术，我马上就背起书包，课也不上了，跑去一探究竟。爸爸妈妈常常找不到我，因为他们找我去买酱油的时候，说不定我正躲在公园的树上看情侣们的亲密行为。

我的这种个性，使我仿佛比同年纪的同学来得早熟一些。我小时候朋友不多，有的只是一起捣鸟巢、抓泥鳅、放风筝的那一伙，还有一起去赶布袋戏、歌仔戏、捡戏尾仔的那一票，谈不上有几个知心的朋友。我总觉得自己思想比他们高深一些，见识比他们广博一些。

小学四年级的时候，我们家附近一位大户人家要捡骨换坟，几天前我就从大人们的口中暗记下日期和地点。时间到的那一天，我背起书包装出若无其事地去上学，走到一半我就把书包埋在香蕉园中，折往坟场的方向去看热闹。

在我们乡下，捡骨是一件不小的事，要先请风水师来看风水，选定黄道吉日，做一场浩浩荡荡的法事，然后挖坟、开棺、捡骨，最后才重新觅地安葬。我到坟场的时候，已经聚集了许多严肃着面孔的大人，为了怕被发现，我就躲在山上的高处静静观看。

那时候棺材已经被挖出来了，正正摆在坟坑旁边画线的位子里，我看着那一口红漆已经剥落得差不多的棺木，原来在喃喃私语的大人们一下子安静下来，等待道士做完法事的开棺典礼。终于，道士在地上喷出了最后一口水，开棺的时刻到了。

“咿呀”一声，棺木的盖子被两个大汉用力掀开了，哗，山下传来一声喊叫到一半突然煞住的惊呼声，我张眼一看，大吃一惊，原来那被掘出来的老婆婆的容颜竟还像活着一般，她灰白的头发梳理得整整齐齐，灰白的脸容有一层缩皱的皮，身上穿的是暗蓝色的袍子，绲着细细的红边，颜色还鲜艳得如新缝的一般。所有的人停止了一切声息，我则是真的被吓呆了。那时清晨的瑞光大道，正满铺在坟地里，现出一个诡异精灵的世界。

正在我出神的当儿，听到有人呼喊我的名字，猛一回头，突然看到我四年级的级任老师站在背后的山下喊我，他一定是在同学的告密下来“逮捕”我了。我几乎是反射地跳了起来，往前逃奔而去。边跑我还边回头看那一位棺中的老妇，眼前的景象更是骇异，老妇的头发和面皮都脱落了，只剩下一颗光秃秃的头颅；她的衣裳也碎成一片一片围绕在棺里的四周，仅剩摆得端端正正的一副白骨；我揉揉眼睛再看，还是那个景象。从我回头看到老师，再转头看老妇不到一分钟的时间，竟是天旋地转，人天互异。

回家后，我病了两个星期，不省人事，脑中一片空白，只是老妇瞬间的变化不断地浮现出来。最后还是我的级任老师来探望我，解释了半天的氧化作用，我的心情才平静，病情也开始有了起色。可是，这件事却使我对“不朽”的看法留下一个深刻的疑点，长得越大，那疑点竟如泼墨一般，一天比一天涨大。

后来我读到了佛家有所谓“白骨观”的说法，人的皮囊真是脆弱无比，阳光一射，野风一吹，马上就化去了，只留下一堆白骨。有时翠竹尽是真如，有时黄花绝非般若，到终了，什么都不是了。寒山有诗说：“万境俱泯迹，方见本来人。”

恐怕，白骨才是本来的人吧。

人既是这样脆弱，一片片地凋落着，从人而来的情爱、苦痛、怨憎、喜乐、嗔怒，是多么无告呢？当我们觅寻的时候，是茫茫大千，尽十万世界觅一人为伴不得；当我们不觅的时候，则又是草漫漫的，花香香的，阳光软软的，到处都有好风漫上来。

这实在是个千古的谜题，风月不可解，古柏不可解，连三更初夜历历孤明的寒星也不可解。

我最喜爱的一段佛经的故事说不定可解：

梵志拿了两枝花要供佛。

佛曰：“放下。”

梵志放下两手中的花。

佛更曰:“放下。”

梵志说:“两手皆空，更放下什么？”

佛曰:“你应当放下外六尘，内六根，中六识，一时舍却。到了没有可以舍的境界，也就是你免去生死之别的境界。”

发芽的心情

有一年，我在武陵农场打工，为果农收获水蜜桃与水梨。那时候是冬天，清晨起来要换上厚重的棉衣，因为山中的空气格外有一种清澈的冷，深深呼吸时，凉沁的空气就胀满了整个胸肺。

我住在农人的仓库里，清晨挑起箩筐到果园子里去，薄雾正在果树间流动，等待太阳出来时再往山边散去。在薄雾中，由于枝丫间的叶子稀疏，可以清楚地看见那些饱满圆熟的果实从雾里浮凸出来，青鲜的、还挂着夜之露水的果子，如同刚洗过一个干净的澡。

雾掠过果树，像一条广大的河流。这时阳光正巧洒下满地的金线，果实的颜色露出来了，梨子透明一般，几乎能看见表皮内部的水分。成熟的水蜜桃有一种粉状的红，在绿色的背景中，那微微的红，如鸡心石一样，流动着一棵树的血液。

我最喜欢清晨曦光初见的时刻。那时，一天的劳动刚要开始，心里感觉到要开始劳动的喜悦，而且面对一片昨天采摘时还青涩的果子，经过夜的洗礼，竟已成熟了，可以深切地感觉到生命的跃动，知道每一株果树全都有着使果子成长的力量。我小心地将水蜜桃采下，放在已铺满软纸的箩筐里，手里能感觉到水蜜桃的重量以及那充满甜水的内部质地。捧在手中的水蜜桃，虽已离开了它的树枝，却像一株果树的心。

采摘水蜜桃和梨子原不是粗重的工作，可是到了中午，全身几乎已经汗湿，中午冬日的暖阳使人不得不脱去外面的棉衣。这样轻微的劳作，为何会让人汗流浃背呢？有时我这样想着。后来找到的原因是：水蜜桃与水梨虽不粗重，但它们那样容易受伤，非得全神贯注不可——全神贯注也算是我们对大地生养的果实应有的一种尊重吧！

才一个月的时间，我们差不多把果园中的果实完全采尽了，工人们全部放工，转回山下，我却爱上了那里的水土，经过果园主人的准许，答应让我在仓库里一直住到春天。能够在山上过冬是我意想不到的，那时候我早已从学校毕业，正等待着服兵役的征集令，由于无事，心情差不多放松下来了。我向附近的人借到一副钓具，空闲的时候，就坐客运车到雾社的碧湖去徜徉一天，偶尔能钓到几条小鱼，通常只是饱览了风景。

有时候我坐车到庐山去洗温泉，然后在温泉岩石上晒一个下午的太阳；有时候则到比较近的梨山，在小街上散步，看那些远从山下爬上来赏冬景的游客。夜间一个人在仓库里，生起小小的煤炉，饮一壶烧酒，然后躺在床上，细细地听着窗外山风吹过林木的声音，深深觉得自己是完全自由的人，是在自然中与大地上工作过、静心等候春天的人。

采摘过的果园并不因此就放了假，果园主人还是每天到园子里去，做一些整理剪枝除草的工作，尤其是剪枝，需要长期的经验与技术，听说光是剪枝一项，就会影响明年的收成。我的四处游历告一段落，有一天到园子去帮忙整理，我所见的园中景象令我大大吃惊。因为就在一个月前曾结满累累果实的园子，这时全像枯萎了一般，不但没有了果实，连过去挂在枝干尾端的叶子也都凋落净尽，只有一两株果树上，还留着一片焦黄的、在风中抖颤着随时要落在地上的黄叶。

园中的落叶几乎铺满地，走在上面窸窣有声，每一步都把落叶踩裂，碎在泥地上。我并不是不知道冬天的树叶会落尽的道理，但是对于生长在南部的孩子，树总是常绿的，看到一片枯树反而觉得有些反常。

我静静地立在园中，环目四顾，看那些我曾为它们的生命、为它们的果实而感动过的果树，如今充满了肃杀之气，我不禁在心中轻轻叹息起来。同样的阳光、同样的雾，却洒在不同的景象之上。

曾经雇用过我的主人，不能明白我的感伤，走过来拍我的肩，说："怎么了？站在这里发呆？""真没想到才几天的工夫，叶子全落尽了。"我说。"当然了，今年不落尽叶子，明年就长不出新叶；没有新叶，果子不知道要长在哪里呢！"园主人说。

然后他带领我在园中穿梭，手里拿着一把利剪，告诉我如何剪除那些已经没有生长力的树枝。他说那是一种割舍，因为长得太密的枝丫，明年固然能结出许多果子，但一棵果树的力量是有限的，太多的树枝可能结出太多的果，却会使所有的果都长得不好，经过剪除，就能大致把握明年的果实。

我虽然感觉到那对一棵树的完整有伤害，但作为一棵果树，不就是为了结果吗？为了结出更好的果，母株总要有所牺牲。

我看到有些拇指粗细的枝丫被剪落，还流着白色的汁液，我说：“如果不剪枝呢？”

园主人说：“你看过山地里野生的芭乐吗？它的果子一年比一年小，等到树枝长得过盛，根本就不能结果了。”

我们在果园里忙碌地剪枝除草，全是为了明年的春天做准备。春天，在冬日的冷风中，感觉像是十分遥远的日子，但是拔草的时候，看到那些在冬天也顽强抽芽的小草，似乎春天就在那深深的土地里，随时等候着涌冒出来。

果然，我们等到了春天。其实说是春天还嫌早，因为气温仍然冰冷一如前日。我去园子的时候，发现果树像约定好的一样，几乎都抽出茸毛一样的绿芽，那些茸茸的绿昨夜刚从母亲的枝干挣脱出来，初面人世，每一片都绿得像透明的绿水晶，抖颤地睁开了眼睛。

我看到尤其初剪枝的地方，芽抽得特别早，也特别鲜明，仿佛是在补偿着母亲的阵痛。我在果树前深深地受到了感动，好像我也感觉了那抽芽的心情。那是一种春天的心情，只有在最深的土地中才能探知。

我无法抑制心中的兴奋与感动，每天第一件事就是跑去园子，看那些喧哗的芽一片片长成绿色的叶子，并且有的还长出嫩绿的枝丫，逐渐在野风中转成褐色。

有时候，我一天去看好几次，感觉在黄昏的落日里，叶子长得比当日黎明要大得多。那是一种奇妙的观察，确实能知道春天的讯息。春天原来是无形的，可是借着树上的叶、草上的花，我们竟能真切地触摸到春天——冬天与春天不是像天上的两颗星那样遥远，而是同一株树上的两片叶子，那样密切地跨步走。

我离开农场的时候，春阳和煦，人也能感觉到春天的触摸。园子里的果树也差不多长出整树的叶子，但是有两株果树却没有发出新芽，枝丫枯干，一碰就断落，它们已经在冬天里枯干了。

果园的主人告诉我，每一年过了冬季，总有一些果树就那样死去了，有些当年还结过好果实的树也不例外。他也想不出什么原因，只说："果树和人一样，也有寿命，短寿的可能未长果就夭折，有的活了五年，有的活了十几年，真是说不准。奇怪的是，果树的死亡没有什么征兆，有的明明果子长得好好的，却就那样死去了……"

"真奇怪，这些果树是同时播种，长在同一片土地上，受到相同的照顾，品种也都一样，为什么有的冬天以后就活不过来呢？"我问着。

我们都不能解开这个谜题，站在树前互相对望。夜里，我为这个问题而想得失眠了。果树在冬天落尽叶子，为何有的在春天不能复活呢？园子里的果树都还年轻，不应该这样就死去！

“是不是有的果树不是不能复活，而是不肯活下去呢？就像一些人失去了生的意志而自杀了？或者说，在春天里发芽也要心情，那些强悍的树被剪枝，就用发芽来补偿，而比较柔弱的树被剪枝，则伤心地失去了春天的期待与心情。树，是不是有心情的呢？”我这样反复地询问自己，知道难以找到答案，因为我只能看到树的外观，不能了解树的心情。就像我从树身上知道了春的讯息，但我并不完全了解春天。

我想到，人世里的波折其实也和果树一样。有时候我们面临冬天的肃杀，却还要被剪去枝丫，甚至流下了心里的汁液。那些懦弱的人，就不能等到春天，只有永远保持春天的心情等待发芽的人，才能勇敢地过冬，才能在流血之后还能满树繁叶，然后结出比剪枝以前更好的果实。

多年以来，我心中时常浮现出那两株枯死的水蜜桃树，尤其是受到无情的波折与打击时，那两株原本无关紧要的桃树，它们的枯枝就像两座生铁的雕塑，从我的心房中撑举出来，我对自己说：“跨过去，春天不远了，我永远不要失去发芽的心情。”果然，我就不会被冬寒与剪枝击败，虽然有时静夜想想，也会黯然流下泪来，但那些泪，在一个新的春天来临时，往往成为最好的肥料。

耕云·望云·排云

弟弟从阳明山上下来，手舞足蹈地谈起他们要到学校去看电影的一幕。

那是夏日黄昏的好天气，一大群年轻人三三两两相约去看电影，满天满地都是人与山树的好景，忽然有一个学生看到天上的不明飞行物体——报上称为“幽浮”的——一、二、三、四、五、六、七……十二，他惊诧地叫唤起来，天空中一共有十二个缓缓移动、闪耀着金光、排成一列的星星。

“飞碟，飞碟！”有人这样说起来，所有的年轻人全停下脚步，或坐或立地看天空中的异象，一千多个学生在山上抬首望天，静静地看着十二个“幽浮”闪耀着光亮，一直到半小时以后金光全部消失才散去。

那一场免费的电影当然是没有看成了，可是大家却带着一种满足的心情离开，揣测着天空，揣测着大地，揣测着自然。或许那些“幽浮”沉入记忆，永远难以断出它是些什么东西，但是在抬头望天那一刹那，人与自然便有了一种无形的联结。

弟弟说的简单故事，却使我警醒到我们这些住在都市的人真是远远离开自然了，不要说春天在禾田里散散步，夏夜在庭前院后捕萤火虫，秋季去看满山黄叶，冬晨去钓鱼这些往事了，甚至连夜里看看星星，白天望望幻变的天色也仿佛远远不可得了。

有一次我工作累了，睡到一半醒来，发现满屋都是金光，以为天已经大亮，推窗一望，才知道原来是中夜，十五的圆月高高挂在天空，把大地照耀得如同白日。往昔月白风清的晚上，我们常在庭前听大人说故事，而时光变移，我们竟然连月圆都不知道，这样想时，我在院子里坐了一夜，有一种羞愧，还有一点儿乡愁。

后来我到澎湖的一个大仓岛去，岛上都是平房，居民长久以来与大海建立了很好的情感，也与大地共同呼吸，同歌共唱。白天，我什么事都不做，就和渔民出海，躺在船上看天空变幻的云彩；夜里没有活儿干的时候，岛上又没电，我们每夜就着星光喝米酒配花生，看着星月，看着天空，看着逐渐昏暗闪着荧光的大海，并且遥望在远处对岸的白沙岛。灯一盏盏地灭去，直到森然地显出岛的原形才睡去，我深深地感到了大地之美，以及大地对我们的生养之情。

我便开始有心地留意着自然，有一次在阿里山的寺庙里，寺庙是平凡的，可是因为它题上“耕云寺”几个字就变得不俗了。后来在屏东的深山里看到一间红墙绿瓦的小屋写着“望云居”，整个山树都因之鲜活了起来。在登合欢山的途中，一个山庄名叫“排云山庄”，真像是连天的云气一下子被大力推开一般。

不管是耕云，望云，或是排云，云都有了生命，和人的生活息息相关，连渺在天际的云也如此，近在身旁的土地草木，更是何等的亲切呀！

前些日子重读萧红女士的《呼兰河传》，写到这个东北小县城的晚霞（当地叫火烧云），文字优美，真让人忍不住要跑出去看晚霞，她是这样写的：

> 这地方的火烧云变化极多，一会儿红堂堂的了，一会儿金洞洞的了，一会儿半紫半黄的，一会儿半灰半百合色。葡萄灰、大黄梨、紫茄子，这类颜色天空上边都有，还有些说也说不出来的，见也未曾见过的，诸多种的颜色。
>
> 五秒钟之内，天空里有一匹马，马头向南，马尾向西，那马是跪着的，像是在等着有人骑到它的背上，它才站起来。再过一秒钟，没有什么变化。再过两三秒钟，那匹马加大了，马腿也伸开了，马脖子也长了，但是一条马尾巴却不见了。
>
> 看的人，正在寻找马尾巴的时候，那马就变靡了。
>
> 忽然又来了一条大狗，这条狗十分凶猛，它在前边跑着，它的后面似乎还跟了好几条小狗崽。跑着跑着，小狗就不知跑到哪里去了，大狗也不见了。
>
> 又找到了一个大狮子，和娘娘庙门前的大石头狮子一模一样的，也是那么大，也是那样地蹲着，很威武很镇静地蹲着，它表示着蔑视一切的样子，似乎眼睛连什么也不睬，看着看着地，一不谨慎，同时又看到了别一个什么。这时候，可就麻烦了，人的眼睛不能同时又看东，又看西。这样子会活活把那个大狮子糟蹋了。一转眼，一低头，那天空的东西就变了。若是再找，怕是看瞎了眼睛也找不到了。

《呼兰河传》可以说是一幅幅乡村图画构成的，看“火烧云”的这一段是看云的最贴切形容，它写的不只是个人经验，也是凡生长在乡下的中国人共有的经验，我幼年时候就最爱在放牛的时候骑在牛背上，看云一朵朵从山中飞出来，在天际一朵朵散去，所有对人世的幻想几乎全寄寓在其中了。

如今，我们把自己囚固起来，不是在屋里就是在车中，有时几个月看不见天空，更何况是静静地观云，这样想时，我就无边地怀念起我的少年时代——它真像天空的幽浮，闪着金光，在无形中却沉默地灭去了。

秋声一片

生活在都市的人，愈来愈不了解季节了。

我们不能像在儿时的乡下，看到满地野花怒放，而嗅到春风的讯息；也不能在夜里的庭院，看挥扇乘凉的老人，感受到夏夜的乐趣；更不能在东北季风来临前，做最后一次出海的航行捕鱼，而知道秋季将尽。

都市就是这样的，夏夜里我们坐在冷气房子里，远望落地窗外的明星，几疑是秋天；冬寒的时候，我们走过聚集的花市，还以为春天正盛。然后我们慢慢迷惑了、迷失了，季节对我们已失去了意义，因为在都市里的工作是没有季节的。

前几天，一位朋友来访，兴冲冲地告诉我："秋天到了，你知不知道？"他突来的问话使我大吃一惊，后来打听清楚，才知道他秋天的讯息来自市场，他到市场去买菜，看到市场里的蟹儿全黄了，才惊觉到秋天已至，不禁令我哑然失笑；对"春江水暖鸭先知"的鸭子来说，要是知道人是从市场知道秋天，恐怕也要笑吧。

古人是怎么样知道秋天的呢？

我记得宋朝的词人蒋捷写过一首《声声慢》，题名就是《秋声》：

> 黄花深巷，红花低窗，凄凉一片秋声。豆雨声来，中间夹带风声。疏疏二十五点，丽谯门不锁更声。故人远，问谁摇玉佩，檐底铃声。
>
> 彩角声吹月堕，渐连营马动，四起笳声。闪烁邻灯，灯前尚有砧声。知他诉愁到晓，碎哝哝多少蛩声！诉未了，把一半分与雁声。

这首词很短，但用了十个“声”字，在宋朝辈起的词人里也是罕见的；蒋捷用了风声、雨声、更声、铃声、笳声、砧声、蛩声、雁声来形容秋天的到来，真是令人感受到一个有节奏的秋天。中国过去的文学作品里都有着十分强烈的季节感，可惜这种季节的感应已经慢慢在流失了。有人说我们季节感的迷失是因为台湾是个四季如春的地方，这一点我不同意。即使在最热的南部，用双手耕作的农人，永远对时间和气候的变化有一种敏感，那种敏感就像能在看到花苞时预测到它开放的时机。

在工业发展神速的时代，我们的生活不断有新的发现。我们的祖先只知道事物的实体、季节风云的变化、花草树木的生长，后来的人逐渐能穿透事物的实体找那更精细的物质。老一辈的人只知道物质最小的单位是分子，后来知道分子之下有原子，现在知道原子之内有核子，有中子，有粒子，将来可能在中子粒子之内又发现更细的组成。可叹的是，我们反而失去了事物可见的实体，正是应了中国的一句古话：“明察秋毫，不见舆薪。”

到如今，我们对大自然的感应甚至不如一棵树。一棵树知道什么时候抽芽、开花、结实、落叶等等，并且把它的生命经验记录在一圈圈或松或紧的年轮里。而我们呢？有许多年轻的孩子甚至不知道玫瑰、杜鹃什么时候开花，更不要说从声音里体会秋天的来临了。

自从我们可以控制室内的气温以来，季节的感受就变成被遗弃的孩子，尽管它在冬天里猛力地哭号，也没有多少人能听见了。有一次我在纽约，窗外正飘着大雪，由于室内的暖气很强，我们在朋友家只穿着单衣，朋友从冰箱拿出冰淇淋来招待我们，我拿着冰淇淋看窗外大雪竟自呆了，怀念着“绿蚁新醅酒，红泥小火炉。晚来天欲雪，能饮一杯无”那样的冬天生活。那时，季节的孩子在窗外窥探，我仿佛看见它蹑着足，走入了远方的树林。

由于人在室内改变了自然，我们就不容易明白冬天午后的阳光有多么可爱，也不容易体知夏夜庭院静听蟋蟀鸣唱、任凉风吹拂的快意了。因为温室栽培，我们四季都有玫瑰花，但我们就不能亲切地知道春天玫瑰是多么美；我们四季都有杜鹃可赏，也就不知道杜鹃血一样的花是如何动人了。

传说唐朝的武则天，因为嫌牡丹开花太迟，曾下令将牡丹用火焙燔，吓得牡丹仙子大为惊慌，连忙连夜开花以娱武后的欢心，才免去焙燔之苦。读到这则传说的时候，我还是一个不经事的少年，也不禁掩卷而叹：我们现在那些温室里的花朵，不正是用火来烤着各种花的精灵吗？使牡丹在室外还下着大雪的冬天开花，到底能让人有什么样的乐趣呢？我不明白。

萌芽的春、绿荫的夏、凋零的秋、枯寂的冬在人类科学的进化中也逐渐迷失了。我们知道秋天的来临，竟不再是从满地的落叶，而是市场上的蟹黄，是电视、报纸上暖气与毛毡的广告，使我在秋天临窗北望的时候，有着一种伤感的心情。

这种心情，恐怕是我们下一代的孩子永远也不会知道的吧！

崂山山茶

在青岛，朋友问我："台湾有青岛啤酒吗？"

"有，很多年前就有了。"

"味道好吗？"

这使我难以回答，因为我很少喝啤酒，也难以辨析其中的差异。青岛啤酒大名鼎鼎，喝是喝过，并没有特别的印象。

青岛的朋友看我哑口，解围似的安慰我："青岛啤酒是不错，但我们青岛人真正爱喝的不是青岛啤酒，而是崂山的啤酒！"

青岛人不爱青岛啤酒，那就像我在温州城里找不到"温州大馄饨"，在扬州的老街找不到"扬州炒饭"，这使我大为惊奇。

朋友对我解释原委，青岛啤酒之所以好喝，是因为青岛的水质很好，而青岛的水质又以崂山泉最好。崂山泉水数千年来以水清甘洌著名于世，至今泉水不竭。青岛啤酒厂知道好水难得，于是以崂山泉水为底，另创一个小牌"崂山啤酒"，因为数量有限，只在青岛供应。喝了崂山啤酒之后，才知道什么是最好的啤酒。

在青岛城里遍寻不着崂山啤酒，我就追上了崂山。

舟车劳顿中，突然想起了蒲松龄，还有他写的《聊斋志异》。《聊斋》里有一篇《劳山道士》（崂山古称劳山），把崂山上的道士写得出神入化，更令人无比的向往。

果然，崂山上的那口泉水，至今还在汩汩地流着。而崂山的啤酒醇淡香甘，有一种超凡的仙气，使不擅品酒的我都觉得应该敛容肃穆，才能配得上这稀有的啤酒。

有好水才有好酒，但有好水也有好茶，“好茶必出于好水之乡”，我想到陆羽的说法，便问人：“崂山是否有茶？”

崂山有茶室，出售自产的崂山茶以及崂山人爱喝的竹叶茶。不论清茶或竹叶，都是品味超卓，但是和崂山的啤酒一样，因为量少珍稀，不为世人所知。正如落榜隐居在崂山的蒲松龄，就像倚天剑与屠龙刀，谁知他会成为一代巨匠呢？若是崂山的茶酒双出，谁与争锋呢？

喝过了崂山茶，在庭院中漫步，看到许多从汉唐留到现在的大树，无不伸掌探天，令人仰止。但最令我震撼的是院子里一棵开了万朵红花的宋代山茶，树高四层楼，开花数百年，一样的鲜红，一样的苍绿。

红花，随着风，不停地飘落。

在这混乱的时代，很多事物不断飘落，化为春泥，却也有很多事物在岁月风尘中将美好和精华沉淀下来，在春泥中还保有不朽的颜色。

悬崖边的树

我读初中的时候，成绩不好。由于对课外书及美术的热爱，我的初中生活一直过得迷迷糊糊，好像一转眼就升上初三了。

就在初三刚开始不久，父亲把我叫去，说：“像你这样的成绩，我的脸都被你丢尽了，我看你初中毕业不要去高雄参加联考了，你去台南考。”

我当场怔在那里，因为在我居住的乡镇，所有的孩子都是参加高雄联考，去台南考试，无异就是放逐，连在乡镇里的旗美高中也不能考了。

不知道哪里来的勇气，我自己一个人跑到台南去考高中，放榜的时候发现考上一个从未听说过的高中——“私立瀛海高中”。

瀛海高中刚成立不久，是超迷你的学校，每一年级只有三个班，整个高中加起来只有三百多人。学校在盐分地带，几乎可以用“寸草不生”来形容，土地因为盐分过高，一片灰白色。学校独立于郊野，四面都是蔗田和稻田。

记得注册时是爸爸陪我去的，他看到那么简陋的校舍和荒凉的景色，大吃一惊，非常讶异地问我："你怎么会考上这种学校？"

由于学生很少，大部分的学生都住校，我也开始了离家的生活。

住在学校认识了许多死党，加上无人管教，我的心就像鸟飞出笼子一样，几乎把所有的时间用来读课外书、画画和写文章。每到假日，就跑到台南市去看电影、逛书店。

我的高中生活大致是快乐的，除了功课以外。学校的功课日渐令我厌烦，赤字一天一天增加，到高一结束时，有一大半的功课都是补考才通过的。

这时，我默默地准备辍学或转学，当我把这想法告诉爸爸后，他气得好几天不和我说话，有一天他终于开口了："你再多一学期，真的不行，再转回来吧！"

升入高二，我换了老师，是一位七十岁的老头，听说是早年北京大学毕业的，因为在省中退休，转到私校来教。他就是后来彻底改造我的王雨苍老师。

开学不久，他叫我去他家包饺子，然后告诉我："你在报纸上的文章我看过，写得真不错。"这是第一位确定那些文章是我写的老师，以前的老师都以为只是同名同姓的人。

然后，王老师告诉我，他从事教育工作快五十年了，差不多学生的素质一眼就可以看出来。他之所以退而不休，转到私立学校教书，不只是为了兴趣，也是为了寻找沧海遗珠。

吃完师母的饺子告辞的时候，王老师搂着我的肩膀说："你有什么想法，随时可以来找老师谈谈，林清玄，你不要自暴自弃呀！"我从未被老师如此感性地对待，当场就红了眼睛。

接下来就像变魔术一样，我把一部分的心力用在课业上，功课虽然不好，都还在不及格边缘。

由于王老师的鼓励，我把大部分心力用在写作上，不仅作品陆续发表在报章杂志上，还连续两次得到全台南市中学作文比赛的第一名，使我增强了对自己的信心，也更确定了日后的写作之路。

不管是作文或周记，或是发表在报上的文章，王雨苍老师总是仔细斟酌修改，与我热心讨论，使我在升学至上的压力下还有喘息的空间。在高中生活中，渴望成为作家的梦想犹如大海里的浮木，使我不致没顶，王老师则是和我一起坐在浮木上的人，并且帮我调整了浮木的方向。

在我高中毕业的时候，我不再对前途畏惧了，虽然大学的考试一直不顺利，我知道，我的写作不会再被动摇了。

一直到现在，我只要想起中学生活，王雨苍老师那高大的身影、红润的双颊就会在眼前浮现，想到他最常对我说的："你一定会成功的，不要自暴自弃呀！"

我不知道自己是不是王老师寻找的沧海遗珠，但我知道好老师正如同悬崖边的树，能挡住那些失足坠落的学生。

现在时空遥隔了，老师的灵魂已远，但我反复看到最陡峭的悬崖边，还长着翠绿的大树。

云在青天水在瓶

春日清晨，到山上去。

大树下的酢浆草长得格外的肥美，草茎有两尺长，淡紫色的花竞相盛开，我轻轻地把草和花拈起，摘一大束，带回家洗净，放在白瓷盘中当早餐吃。

当我把这一盘酢浆草端到窗前，看到温和的春日朝阳冉冉升起，我深深地吸了一口气，仿佛闻到山间清凉流动的露气，然后我慢慢地咀嚼酢浆草，品味它的小小的酸楚，感觉到能闲逸无事地吃着如此特别的早餐，是一种不可言说的幸福。我看着用来盛装酢浆草的白瓷盘，它的造型和颜色都很特别，是平底的椭圆形，滚着一圈极细的蓝线;它不是纯白色的，而是带着古玉一样的质感。我一直对陶瓷有一种偏爱，最精致的瓷与最粗糙的陶都能使我感动。最好是像我手中的白瓷盘，不是高级到需要供奉，而是可以拿到生活里来用，但它一点儿不粗俗，只是放着观赏，也觉得它超越了实用的范围。

如果要装一些有颜色的东西，我也喜欢用瓷器，因为瓷器会把颜色反射出来，使我感受到人间的颜色是多么的可贵。

白色的瓷盘不仅仅是用来装食物，放上几个在河边小溪捡到的石头，那原本毫不起眼的石头，洗净了自有动人之美，那种美，使我觉得随手捡来的石头也可以像宝石一样，以庄严之姿来供养。

从手里的白瓷盘，我觉得我们生在这个世界，应该学习更多更深刻的谦卑与感恩。我们住的这个地方，不管任何季节走进树林去，都会发现到处充满了勃勃生机，草木吸收露珠、承受阳光，努力地生长；花朵握紧拳头，在风中奋斗，然后伸展开放；蝉在地底长期地蛰伏，用几年漫长的爬行，才能有枝头短暂悠扬的歌。

不管是什么生命，它们都有动人的颜色，即使是有毒的蛇、蜘蛛，如果我们懂得去欣赏，就会看见它们的颜色是多么活泼，使我们感到生命的伟大力量。

抬起头来，看到云天浩渺，才感到我们住的地球是多么的渺小，地球上的每一个生命是多么的渺若微尘，在白色、红色、蓝色的星星的照耀下，我们行过的原野是何其卑微。幸而，这世界有这么丰富的颜色，有如此繁茂的生命，使我们虽渺小也是可以具足，虽卑微而不失庄严。

我们之所以无畏，是因为我们可以把生命带进我们的心窗，让阳光进入我们的心灵，洗涤我们身心的尘埃；让雨水落入杂乱的思绪，使我们澄明如云。

我觉得人可以勇迈雄健，那是因为人并不独立生活在世界的生命之外，每一个人是一个自足的世界，而世界是一个人的圆满。

自性的开启，不是走离世界，而是进入宇宙之心。

我愿学习白瓷盘，收敛自己的美来衬托一切放在盘上的颜色，并在这些颜色过后再恢复自己的洁白。就好像生命的历程里，一切生活经验都使它趋向美好，但不沉溺这种美好。

我要学习一种介于精致与朴素的风格，虽精致而不离开生活，不要住在有玻璃框的房子里；虽朴素但使自己无瑕，使摆放的地方都焕发光辉。

我要学习一种光耀包容的态度，来承受喜乐或痛苦的撞击，使最平凡的东西一放在白瓷盘上，都成为宝贵的珍品。

佛教经典常常把人喻成一个“宝瓶”，在我们的宝瓶里装着最珍贵的宝物，可惜的是人却不能看见自己瓶里的宝物，反而去追逐外在的事物。

我们的宝瓶里有着最清明的空性与最柔软的菩提，只可惜被妄想和执着的瓶塞盖住了，既不能让自性进入法界，也不能让法界的动静流入我们的内在。

我们的宝瓶本是与佛一样的珍贵，可惜长久以来都装了一些污浊的东西，使我们早已忘记了宝瓶的本来面目。不知道当我们回到清净的面貌，一切事物放进来都会显得珍贵无比。

打开我们妄想和执着的瓶盖，这是悟！

使生活的一切都珍贵无比，这是悟后的世界！

试着把瓶里的东西放下，体验一下瓶里瓶外的空气，原来是相同的，这是空性！

因此，我不只要学习做白瓷盘来衬托人间事物的颜色，我更要学习做宝瓶，即使空无一物也能在虚空中流动香气，并释放出内在的音乐。我要在人群里有独处的心，在独处时有人群的爱，我要云在青天水在瓶那样地自由自在并保有永久的清明。

记忆的版图

一位长辈到大陆探亲回来，说到他在家乡遇到兄弟，相对地坐了半天还不敢相认，因为已经一丝一毫都认不出来了。

在他的记忆里，哥哥弟弟都还是剃着光头，蹲在庭前玩泥巴的样子，这是他离开家乡时的影像，经过四十年还清晰一如昨日。经过时间空间的阻隔，记忆如新，反而真实的人物是那样陌生，找不到与记忆的一丝重叠之处。

更使他惊诧的是，他住过的三合院完全不见了，家前的路不见了，甚至家后面的山铲平了，家前的海也已退到了远方。

他说："我哥哥指着我们站立的地方，说那是我们从前的家，我环顾四周竟流下泪来，如果不是有亲人告诉我，只有我自己站在那里的话，完全认不出那是我从童年到少年住过十七年的地方。"

这使他迷茫了，从前的记忆是真实的，眼前的现实也是真实的，但在时间空间中流过时，两者却都模糊，成为两个毫不相连的梦境。在此地时，回观彼处是梦，在彼地时，思及此处也是梦了。到最后，反而是记忆中的版图最真实，虽然记忆中的情景已然彻底消失了。

这位长辈回来后怅惘了很久，认为是“四十年来家国，三千里地山河”的缘故，才让他难以跳接起记忆中沦落的事物。其实不然，有时不必走得太远，不必经过太久的时光，我们也可以感受到这种怅惘。

我有一个朋友，他每次坐在台北松江路六福客栈的咖啡厅时，总会指着咖啡厅的地板，说：“你们相不相信，这一块是我小时候卧室的所在，我就睡在这个地方，打开窗户就是稻田，白天可以听到蝉声，夜里可以听见青蛙唱歌，这想起来就像是梦一样了。”那梦还不太远，但时空转换，梦却碎得很快。

记忆的版图在我们的心中是真实的，它就如同照相机拍下的静照，这里有我走过的一条路，爬过的一座山；那里有我游过泳、捞过虾的河流；还有我年幼天真值得缅怀的身影。这版图一经确定，有如照相纸在定影液中定影，再也无法改变，于是，当我们越过时空，发现版图改变了，心里就仿佛受到伤害，甚至对时间空间都感到遗憾与酸楚。

两相对照之下，我们往往否定了现在的真实，因为记忆的版图经过洗涤、美化，像雨雾中的玫瑰，美丽无方，丑陋的现实世界如何可以比拟呢？

其实，在记忆中的事物原来可能不是那么美好的，当时比现在流离、颠沛、贫困，甚至面临了逃难的骨肉离散的苦厄，但由于距离，觉得也可以承受了。现在的真实也不一定丑陋，只是改变了，而我们竟无法承担这种改变。

最近我和朋友在黄昏时走过大汉溪畔，他感慨地说：“我从前时常陪伴母亲到溪畔洗衣，那时的大汉溪还清澈见底，鱼虾满布，现在却变成这样子，真是不可想象的。到现在我还时常恍惚听见母亲捣衣的声音。”朋友言下之意，是当年在大汉溪畔的岁月，包括溪水、远山、母亲的背影、捣衣的杵声，都是非常美丽的。其中有一个最重要的原因，就是他已失去了母亲，没有母亲的大汉溪已失去了昔日之美。

我对朋友说：“其实，你抬起头来，暂时隐藏你的记忆，你会看见大汉溪还是非常美的，夕阳、彩霞、水草、卵石、鸭群，还有偶尔飞来的白鹭鸶，无一不美。”

朋友听了沉默不语，我问道：“如果你的母亲还在，你希望她继续来溪边捣衣还是在家里用洗衣机洗衣服？”

朋友笑了。

是的，记忆是记忆，现实是现实，以记忆判断现实，或以现实来观察记忆，都容易令我们陷入无谓的感伤。

如何才能打破我们心中记忆与现实间的那条界线呢？在我们这一代或上一代，所谓记忆的版图最优美的一段，是农业时代那种舒缓、简单、平静、纯朴、依靠劳力的田园；而我们下一代记忆的版图或我们当下的现实却是急促、复杂、转动、花哨、依靠电子科学生活的城乡。如果我们是现代鬼，就会否定昔日生活的意义；如果我们是怀旧的人，就会否认现代生活之美。这必然使我们的成长变为对立、二元、矛盾、抗争的线。

其实，不一定要如此决然。我想起日本近代的禅学大师铃木大拙，有一次一位沉醉于东方禅学的瑞士籍教授千里迢迢来拜望他，这位瑞士教授提出自己对东方西方分别的见解，他说："使人走向幸福之路的方法有二，一是改变外在的环境，例如热得不堪时，西方人用冷气机来降低温度。另一个方法是改变内部的自己，例如热得不堪时，禅者灭去心头火而得到清凉。前者是西方发达的科学、技术的方法，后者是东方，尤其是禅所代表的、主体的方法。"

这位教授说得真好，并以之就教于铃木大拙。铃木的回答更好，他说，禅并非与科学对立的主观精神，发明冷气机的自觉中就有禅的存在，禅不只是东方过去文化的财产，而是要在现代里生存着、活动着、自觉着的东西，此所以禅不违背科学，而是合乎科学、包容科学、超越科学的。制造更多、更普遍的冷气机，使人人清凉的科学行为中就有禅的存在。

从这个故事里，我们知道主张空明的禅并非虚无，而是应该涵容时空变迁中一切现实的景况。在两千多年前，禅心固已存在，推到更远的时空中，禅心何尝不在呢？纵使在最科技前卫的时代，一切为人类生活前景而创造的行为中，禅又何尝不在呢？如果要把禅心从科技、方法中独立抽离出来，禅又如何活生生地来救济这个时代的心灵呢？所以说，在燠热难忍的暑天，汗流满地的坐禅固然表现了禅者清凉的风格，若能在空气调节的凉爽屋内坐禅，何尝不能得到开悟的经验呢？

禅心里没有断灭相，在真实的生活、实际人生的历程中也没有断灭。记忆，乃是从前的现实；现在，则是未来的记忆。一个人若未能以自然的观点来看记忆的推移、版图的改变，就无法坦然无碍地面对当下的生活。

我们在生命中所经验的一切，无非都是一些形式的展现，过去我们面对的形式与目前所面对的形式虽有差异，我们真实的自我并未改变，农村时代在农田中播种耕耘的少年的我，科技时代在冷气房中办公的中年之我，还是同一个我。

学禅的人有参公案的方法，公案是在开发禅者的悟，使其契入禅心。我觉得参禅的人最简易的方法，就是把自己当成公案，一个人若能把自己的矛盾彻底地统一起来，使其和谐、单纯、柔软、清明，使自己的言行一致，有纯一的绝对性，必然会有开悟的时机。人的矛盾来自于身、口、意的无法纯一，尤其是意念，在时空的变迁与形式的幻化里，我们的意念纷纭，过去的忧伤喜乐早已不在，我们却因记忆的版图仍随之忧伤喜乐，我们时常堕落于形式之中，无法使自己成为自己，就找不到自由的入口了。

我喜欢一则《传灯录》的公案：

有一位修行僧去问玄沙师备禅师："我是新来的人，什么都不知道，请开示悟入之道。"

禅师沉默地谛听一阵，反问："你能听到河水的声音吗？"

"能听到。"

"那就是你的入处，从那里进入吧！"

在《碧岩录》里也有一则相似的公案：

窗外下着雨的时候，镜清禅师问他的弟子："门外是什么声音？"

"是雨的声音。"弟子回答说。

禅师说："太可悯了，众生心绪不安，迷失了自己，只在追求外面的东西。"

河水的声音、雨的声音、风的声音，乃至鸟啼花开的声音，天天都充盈了我们的耳朵，但很少人能从声音中回到自我，认识到我才是听的主体，返回了自我，一切的听才有意义呀！这天天执迷于听觉的我，究竟是何人呀？《碧岩录》中还有一则故事，说古代有十六个求道者，一心致力求道都未能开悟，有一天去沐浴时，由于感觉到皮肤触水的快感，十六个人一起突悟了本来面目。每次洗澡时想到这个故事，就觉得非凡的动人，悟的入处不在别地，在我们的眼睛、耳朵、意念、触觉的出入里，是经常存在着的！

我们的记忆正如一条流动的大河，我们往往记住了大河流经的历程、河边的树、河上的石头、河畔的垂柳与鲜花，却常常忘记大河的本身，事实上，在记忆的版图重叠之处，有一些不变的事物，那就是一步一步踏实地、经过种种历练的自我。

在混沌未分的地方，我们或者可以溯源而上，超越记忆的版图，找到一个纯一的、全新的自己！

伤心渡口

一朵花
在晨光中
坦然开放
是多么从容！

在无风的午后
静静凋落
是多么镇定！

从盛放到凋谢
都一样温柔轻巧！

春天的午后，阳光晴好，我在书房里喝茶，看着远方阳光落在山林变化的颜色。

有一位年轻的朋友来访，开门的时候我吃了一惊，她原来娟好清朗的脸上，好像春天的花园突被狂风扫过、花朵落了一地那样萧索狼藉。

我们对坐着，一句话还没有说，她已经泪流满面了，面对这样的情况我除了陪着心酸，总说不出什么话。在抬眼的时候，想起许多许多年前一个午后，我去看另一位朋友，也是未语泪先流的相同画面。

有时候，在别人的面影里我们会深刻地看见了自己，那时，就会勾动我们久已隐忍的哀伤。

这几年，我的感受似乎有点儿不同了，当我看到有人因为情感受创而落泪的时候，使我在心酸里有一种幽微的欣慰，想到在这冷漠无情的社会，每天耳闻的都是物质与感官的波澜，能听到有人为爱情而哭，在某一个层面，真是好事。

这样想，听到悲哀的事，也不会在情绪上像少年时代那样容易波动了。

我和年轻朋友默默地对饮着我从屏东海岸带回来的“港口茶”。港口茶是很奇特的一种茶，它入口的时候又浓又苦，在喝第一杯的时候几乎很难去品味它，要喝了两三杯之后才感觉到它有一种奥妙的舌香与喉韵，好像乐团里的男低音，或者是萨克斯风，微微地在胸腔中流动，那时才知道，这在南方边地平凡的茶，有着玄远素朴的魅力。

喝到苦处，才逐渐清凉

我和朋友谈起，在二十岁的时候，我就喜欢喝茶，那时喜欢茉莉香片或菊花茶，因为看到花在茶杯中伸展，使我有着浪漫的联想。那时如果遇到了港口茶，大概是一口也喝不下去。

后来，我喜欢普洱，那是因为喜欢广东茶楼里那种价廉而热闹的情调，普洱又是最耐泡的，从浓黑一直喝到淡薄，总能泡十几回。

前些年，我开始爱喝乌龙，乌龙的水色是其他的茶所不及的，它是金黄里还带一点儿蜜绿，香味也格外芳醇，特别是产在高山的冻顶乌龙、白毫乌龙、金萱乌龙，好像含蕴了山林里的云雾之气，使我觉得人间产了这样美好的茶，怪不得释迦牟尼佛说娑婆世界也是净土了。

住在乡下的时候，我喜欢“碧螺春”和“荔枝红”，前者是淡泊中有幽远的气息，后者好像血一样，有着红尘中的凡思；前者是我最喜欢的绿茶，后者是我最喜爱的红茶。

近两年来，我常常喝坪林山上生产的“文山包种”和沿着屏东海岸种植的“港口茶”，这两种茶都有一种“苦尽”之感，要品了几杯以后，滋味才缓缓地发散出来。最特别的是，它们有一种在沧桑苦难中冶炼过的风味，使我们喝到苦处，才逐渐地清凉。

这有一点儿像是人生心情中的变化，朋友边喝港口茶，边听我谈起喝茶的感受，她的泪逐渐止住了，看着褪色的茶汤说道：“那么，你的结论是什么？”

“我没有结论！”我说，“对于情感、喝茶、人生等等，没有结论正是我的结论！”

那就像许多会喝茶的人都告诉我们，喝茶的方法、技巧、思想，及至于茶中的禅思等等。可是别人不能代我们喝茶，而喝茶到最后还原到一个单纯的动作，就是把水烧开，冲出茶汤，喝下去！

许多曾受过情感折磨的人，他们有许多经验、方法，乃至智慧，告诉我们应该如何对治感情的失落。可是他不能代我们受折磨，失恋到最后只还原到一个单纯的动作，就是让事情过去，自己独饮生命的苦水，并品出它的滋味！

这苦瓜竟然没有变甜

我很喜欢一则关于苦瓜的故事：

有一群弟子要出去朝圣。

师父拿出一个苦瓜，对弟子们说：“随身带着这个苦瓜，记得把它浸泡在每一条你们经过的圣河，并且把它带进你们所朝拜的圣殿，放在圣桌上供养，并朝拜它。”

弟子朝圣走过许多圣河圣殿，并依照师父的教言去做。

回来以后，他们把苦瓜交给师父，师父叫他们把苦瓜煮熟，当作晚餐。

晚餐的时候，师父吃了一口，然后语重心长地说:“奇怪呀!泡过这么多圣水，进过这么多圣殿，这苦瓜竟然没有变甜。”

这真是一个动人的教化，苦瓜的本质是苦的，不会因圣水圣殿而改变，情爱是苦的，由情爱产生的生命本质也是苦的，这一点即使是修行者也不可能改变，何况是凡夫俗子！意思是，我们尝过情感与生命的大苦的人，并不能告诉别人失恋是该欢喜的事，因为它就是那么苦，这一层次是永不会变的，可是不吃苦瓜的人，永远不会知道苦瓜是苦的。“现在，你煮熟了这苦瓜，当你吃它的时候，你终于知道是苦的了，但第一口苦，第二第三口就不会那么苦了！”当我说完了故事，这样告诉朋友。

她苦笑着，好像正在品尝那只洗过圣水、进过圣殿的苦瓜的味道。

“当我们失恋的时候，如果有人告诉我们，生命里有比失恋更苦难的承受，我们真的很难相信，就像鱼缸的鱼不能想象海上的狂涛一样。等到我们经验了更多的沧桑巨变，再回来一看，失恋，真的没有什么。”我说。

朋友用犹带着红丝与水意的眼睛看着我，眼里有茫然的神色，对一位正落入陷阱的人，她是不太能相信世上还有更大的陷阱，因为在情感的陷阱底部，有着燃烧的火焰、严寒的冰刀、刺脚的长针，已经是够令人心神俱碎了。

“我再说一个故事给你听吧！”我只好说。

失恋，至少值得回味

有一个人去求助一位大师说：“师父，请救救我，我快疯了，我的太太、孩子、亲戚全住在同一个房间，整天都在争吵吼叫谩骂，我的家简直是一座地狱，我快崩溃了，师父，请拯救我。”

大师说：“我可以救你，不过你得先答应，不论我要求你做什么，你都要切实地做到！”那形容憔悴的人说：“我发誓，我一定做到！”大师说：“好！你家里养了多少牲畜？”“一头牛、一只羊，还有六只鸡。”那人说。“很好，把它们全部带入你的屋内，然后一星期后再来见我。”那人听了，心惊胆战，但他发过誓听从师父的话，所以就把牲畜全部带进房子。

一星期后，他容貌完全枯槁，跑来见大师，用呻吟的声音说：“一片肮脏、恶臭、吵闹、混乱，不只我不成人形，屋里的人也都快疯了。大师，现在怎么办？”

“回去吧！现在回去把牲畜都赶出去，明天再来见我。”大师说。那人飞快地奔回家去。第二天，当他回来见大师时，眼中充满了喜悦的光芒，欢喜地对大师说：“呀！所有的畜生都赶出去了，家里简直像个天堂，安静、清爽、干净，又充满了温馨，生活是多么的美好呀！”

朋友听了这个故事，微微地笑了。我们在生命过程中所遇到的挫折，使我们觉得自己是全世界最苦的人，那是因为我们还没有经验过更巨大的苦难，也因为我们不知道世上的别人，有许多正拖着千斤重的脚，在走过火热水深、断崖鸿沟。失恋，真是人生的苦难里最易于跨越的，它几乎是人生的必然。在生命里，有很多历程除了苦痛，没有别的感受。失恋，至少还值得回味，至少有凄凉之美，至少还令我们验证到情感的真实与虚幻。“有很多事，只是苦，没有别的。与那些事比起来，失恋真的是天堂了！”我加重语气地说。我们聊着聊着，天就黑了，朋友要告辞，我送她一罐“港口茶”，她的表情已经平静很多了。我说：“好好地品味这港口茶吧！仔细地观照它，看看到最苦的时候会怎么样。”

我们的船还要继续前航

朋友走了以后，我独自坐着饮茶，看着被夜色染乌的天空，几粒微星，点点缀在天际，心中不免寒凉，想到人间里情爱无常的折磨，从有星星的时候，人就开始了在情感中挣扎的历程，而即使世界粉碎成为微尘，人仍然要在情爱里走过漫漫长夜、哭过茫茫的旷野。

我想到几天前刚读过杜牧与李商隐的诗，都是我最喜欢的唐朝诗人，他们对失恋心情的描写，那样的细致缠绵，犹如黑夜旷野中闪烁的泪，令人心碎。我就选了几首，抄在纸上，准备寄给我的朋友：

落花（李商隐）

高阁客竟去，小园花乱飞。
参差连曲陌，迢递送斜晖。
肠断未忍扫，眼穿仍欲归。
芳心向春尽，所得是沾衣。

锦瑟（李商隐）

锦瑟无端五十弦，一弦一柱思华年。
庄生晓梦迷蝴蝶，望帝春心托杜鹃。
沧海月明珠有泪，蓝田日暖玉生烟。
此情可待成追忆，只是当时已惘然。

无题（李商隐）

飒飒东风细雨来，芙蓉塘外有轻雷。
金蟾啮锁烧香入，玉虎牵丝汲井回。
贾氏窥帘韩掾少，宓枕留妃魏王才。
春心莫共花争发，一寸相思一寸灰。

无题（李商隐）

相见时难别亦难，东风无力百花残。
春蚕到死丝方尽，蜡炬成灰泪始干。
晓镜但愁云鬓改，夜吟应觉月光寒。
蓬莱此去无多路，青鸟殷勤为探看。

赠别（杜牧）

多情却似总无情，唯觉尊前笑不成。
蜡烛有心还惜别，替人垂泪到天明。

金谷园（杜牧）

繁华事散逐香尘，流水无情草自春。
日暮东风怨啼鸟，落花犹似坠楼人。

秋夕（杜牧）

银烛秋光冷画屏，轻罗小扇扑流萤。
天阶夜色凉如水，坐看牵牛织女星。

我少年时代时常吟诵这些诗句，当时有着十分浪漫美丽的怀想，觉得能有深刻的情爱，实在是一种福分。近来重读，颇感到人生的凄凉，才仿佛接近了诗人那冰心玉壶一样的心情，看到飞舞的落花为之肠断，听见琵琶流动的声音不禁惘然，东风吹来感到相思如灰一寸一寸冷去，夜里的蜡烛仿佛替代我们垂泪，像春天的蚕子永不停止地缠绵吐丝，到死方休！

而那园里落下来的花，就好像我们从楼头坠下，心肝为之碎裂！秋天看着遥遥相隔的牵牛星与织女星，是那样的冷，是永远不可能相会了！情感的挫折与苦难是生命必然的悲情，可是谁想过：落花飞舞之后，春天的新芽就要抽出！蜡烛烧尽的时候，黎明的天光就要掀起！春蚕吐丝自缚的终极，是一只蛾的重生！我们在这个世界上，有如一片叶子抽出、一朵花开放、一棵树生长，是一种自然的时序，春日的繁华、夏季的喧闹、秋野的庄严、冬天的肃杀，都轮流让我们经验着，以便生发我们的智慧。

来吧！让我们在最苦的时候，更深刻地回观我们的心灵世界，我们至少知道“港口茶”苦的滋味，我们一眼就能看见星星，这就多么值得感恩。让锦瑟发声，让飞花落下，让春蚕吐丝，让蜡烛流泪，让时光的河流轻轻流过一些生命里伤心的渡口吧！我们的船还要前航，扯起逆风的帆，在山水之间听听杜鹃鸟伤心的啼声，听久了，那啼声不觉也有超越的飞扬的尾音。

○

贰

心灵的护岸

宁静海

孩子从学校带回一盒蚕宝宝，据他说，现在学校里流行养蚕，几乎人手一盒。

面对那些纯白的小生命，我感到烦恼了，因为养蚕的事看来容易，实践却很难。我童年的时候养过许多次蚕，最后几乎都注定了失败的命运，并不是蚕养不活，而是长大以后它吐茧结蛹，羽化为蛾，生出更多的小蚕，繁殖得太快，不是桑叶不够吃就是没有地方放置，最后，总是整盒带到郊外的桑树上放生。

那时候山里的桑树很多，甚至我家的后院都有几棵桑树，通常我们都是去山里采桑叶，只在不得已的情况下才摘家里的。

想一想，在桑叶那么充沛的时候，养蚕都会失败，何况是现在呢？

孩子养蚕的桑叶是买自学校的福利社，一包十元，回来后他把桑叶冰在冰箱里免得枯萎，我看他忙得不亦乐乎，却想到：万一学校福利社的桑叶缺货呢？

果然，没有多久，一天孩子满头大汗地从学校回来，说："爸！糟了！天下大乱了！学校的桑叶缺货！"那天下午，我带他到台北市郊几个可能有桑树的地方去，都找不到一棵桑树，黄昏回程的时候，他垂头丧气地坐在车里，突然眼睛一亮："爸爸，我们用别的树叶试试！""没有用的，千百年来蚕就是吃桑叶长大，它不可能吃别的叶子。"我说。孩子说："真的饿死也不吃别的树叶吗？我不信！""那么，你试试看！"

孩子兴奋地把家里种的树叶各摘下一片，把冰箱里的菜叶也找来了，不管他放下什么叶子，蚕总是无动于衷，甚至连动也不动一下，虽然它们看起来是那么饥饿，饿得快死了，也不肯动口尝尝别的叶子。

试过所有的叶子，孩子长叹一声说："哎呀，这些蚕怎么这样想不开？吃几口别的树叶会死吗？"

他坐在那里发了半天呆，突然问我说："如果，如果，一只蚕从生下来就让它吃别的树叶，不让它吃一口桑叶，它会不会吃呢？"

"你试试看吧！"

为了寻找这问题的答案，他更乐于养蚕（幸好第二天福利社的桑叶就送来了），蚕儿长大、成蛹、化蛾、产卵……当黑色像眼睫毛一样的小蚕孵出的那一刻，孩子就喂给它别的树叶，结果它们的固执和父母一样，连第一口都不肯吃。最后，孩子不得不把桑叶放进去，它们立刻欢喜地开口大吃了。

小蚕对桑叶的坚固执着，令我感到非常吃惊，它们的执着显然不是今生的习惯，而是来自遥远前世的记忆，否则不会连生平的第一口都那么执着。

面对蚕的执着，孩子学到了什么呢？他说："蚕的心，我们是不会知道的啦！"

是呀，蚕的心潜藏着轮回的秘密，孕育着业力的神秘，包覆着习气的熏习，或者是像海一样深不可测的。当然这些都无从查考，唯一可知的是它只吃桑叶（古今中外的蚕都如此），它只吐一种明亮、柔软、坚韧的丝（古今中外的蚕也都如此）。

世界的众生何尝不是如此呢？每一众生的内在世界都深奥一如海洋。以蚕的近亲飞蛾来说吧！它们世世代代寻火而扑，在火中殉身，永不疲厌，是为了什么？以蚕的远亲蝴蝶来说，同一品种的蝴蝶，花纹世世代代均不改变，甚至身上的斑点都不会多一个或少一个，而它们世世代代只吃花蜜，不肯改一下口味，这是为什么呢？

众生都有不能破除的执着，小似无知的昆虫到大似灵敏的人，都是如此，众生的识执都有如海洋，广大、难以探测、不能理解。

在我们理想中的宁静、澄澈、深湛、光明的自性之海，要经过多么长远的时光，才能开显呀！从一枚小小的桑叶，一只小小的蚕，我也照见了自己某些尚未破尽的烦恼。

最好的范本

到一个小镇去演讲，主办演讲的人正好是补习班的老板，力邀我顺道去他的“儿童作文班”演讲，盛情难却，加上我一向喜欢与人为善，就答应了。

在路上，老板问我：“林先生小时候上过作文班吗？”

我说：“没有，在我小的时候根本没有作文班，没有人为了作文去补习的。”

他说：“那么，你觉得作文班要怎么教才好？”

“我不知道，我真的不知道要怎么教人写作文呢！”

老板一脸疑惑，车子到了补习班门口，才发现补习班比我想象的大，不仅有作文班，还有绘画班、音乐班、英语班、数学班，从这里也可以发现，即使在小城镇，父母也十分关心孩子的才艺，希望孩子的才华十项全能。

到了作文班，我大略看了孩子的作文，发现小孩子写的都是议论文，这使我感到惊讶，因为孩子的人生观点才刚刚起步，对人生会有什么好的议论呢？作文班的老师告诉我，那是为了训练孩子写论文的习惯，以便他们到中学时，作文的考试得到高分。

我给小朋友的建议只有三个：一是从自己身边熟悉的人事来写作文；二是尽量抒情，少发议论，一个人如果能充沛地表达感情，要发为议论就很简单了；三是不要为了考试才学作文，不要老师说什么就写什么，因为作文是一件很快乐、很有趣、很有创造性的事。

离开作文班之后，我想起在小时候，自己为什么想写文章，那是源自对故乡、对人情的感动。

当我在读小学的时候，看到故乡旗山国校那年代久远、高大无比的椰子树，想到我的父亲、哥哥、姐姐都和我读过这个学校，内心就充满感动。

在我每次爬上古山顶上，总会动情于那些姿势强健优美的大树，然后俯视我的故乡，与尖挺的旗尾山遥相对望，就会想起“旗鼓相当”的成语，想到百年前，这里曾被誉为“全台八景”，只是很少人知道了。

有时候，我会听老年的人谈起我的祖父林旺（他是第一个在旗山开“牛车货运行”的人）日据时代怎样经营米店、卖菜的逸事，听说他的性格刚烈，只要家里养的牛打架输了，他会用木炭把牛角烤软、削尖，去讨回公道。

我亲眼看到我的乡亲天蒙蒙亮就出门、艰苦无人问的农作生活，感受到“赤脚的，逐鹿；穿鞋的，吃肉”那种对生命的不平，心想一定要有人写出他们的心声。

我的父母亲教养一大群孩子，时而严厉、时而温柔，做牛做马让我们长大、受教育，并培养对人生的远见，不在困苦挫折中畏缩，现在想来还会动容眼湿。

再看到故乡农业由盛而衰，“香蕉王国”的盛况失去已久，大部分土地荒芜、废耕，故乡子弟的素质不能提升，反映了整个台湾省农业与教育的失落。从前在蕉园中嬉戏的情景，怅然难忘！

就在我们生活的故乡、在我们深爱着的亲人朋友中，就有着最动人的素材，只要能把这种感情表达出来，便是最好的作文了。

追着台糖的小火车向前奔跑，看能不能捡到掉落的白甘蔗。

在收采过的番薯田里，找没有挖走的番薯在田间烤番薯。

在清澈的楠梓仙溪摸蛤兼洗裤，在瓢仔湖游泳、捡石头、漂水花、晒太阳。

沿着稻香与油菜花香的小路，散步到美浓，感知生命之美，浓得震荡内心。

看妈妈如何把一个鸡蛋切成八片，如何把一个苹果切成十二片，如何做菠萝竹笋豆瓣酱，如何做番薯馅儿饼，把技能发展到极致，其中有无量的爱并维持公平。

看到父亲和故乡父老端立看着因生产过剩而被倾倒的香蕉而老泪纵横……

如果我们要写好作文，故乡与爱就是最好的范本，在风与白云之间，有一群人在无限的时空中相遇，共同生活与呼吸，这就是最值得珍惜的因缘了！

不论我们是要写好考试的作文还是抒情的作文，甚至为生命写一篇文采斐然的文章，就从故乡和亲人开始吧！

阴阳巷

有一天我到巷口倒垃圾的时候，看到我的房东正在垃圾堆里找东西，我以为他有什么贵重的物品遗失，后来才知道他是翻寻一些旧报纸、硬纸板、酒瓶、宝特瓶，要卖给收破烂的人，他微笑着告诉我："一天可以捡到三十几元呢！"

那是我刚刚租了新居不久，后来我常和房东聊天，才慢慢了解了这位看起来十分贫穷、实际是非常富有的都市乡下人。

房东原来在安和路有一块不小的地，他从小就在那里辛勤地种稻，抚育着几个子女成长，子女长大以后纷纷出国了，只留下这个孤独的老人。都市的脚步有点儿像汽车疾驶，一路从忠孝东路、仁爱路、信义路、新生南路、复兴南路、敦化南路开过来了，在房地产最旺之时，连安和路的稻田都一日数涨，涨到房东都瞠目结舌的天文数字。时常有土地掮客跑来打他的主意，劝他把土地卖了，可以好好安享晚年。

房东原来还坚持着耕种土地，理由很简单："卖了地要做什么工作呢？"但是由不得他，他的土地四周，一栋栋高楼霸气地围绕起来，到最后，他站在地里几乎已经见不到外界的阳光了，加上稻作一年的辛苦耕耘也快不能维持生计了。

他对我说:“我的土地还是不卖，给建筑公司盖分。”根据估计，房东的土地可以盖两栋七层的大楼，每层四间，共二十八户，他独独分到一栋楼的三层，总共六户。这些楼房目前的售价，一户是三百万左右，也就是说，他的不动产将近两千万元。

我去租房子的时候，很不能相信眼前这位穿旧衣、趿拖鞋的老头儿是这大楼一半的主人，他把房子全租给别人，每户一万五左右，每个月的收入近十万元。

我们的房东并不住在自己的新房子里，而是每月花两千元在大楼对面租了一间低矮的平房，内部黝黝黯黯，大约只有五坪大。我原先以为他不习惯住大厦，后来才知道是为了省钱，他说:“我只有一个人，住这样的房子尽够了。”

更妙的是，我们几家住户为了安全起见，想要请一个大楼管理员，这事被房东知道了，他不允，原因到后来我们才知道，是他自己想当管理员。“这楼有一半是我的，当然由我自己当管理员。”于是，这位“当然管理员”自定管理费，举凡大楼的清洁、公共电费、更换抽水马达，全是他一手包办，从不经过住户同意，先执行以后再来收费，住户虽有怨言也懒得与他争辩，因为他最后总是说:“这大楼有一半是我的。”

房东先生的日据时代没有机会受教育，除了算钱方面非常清楚，其他大字一个不识。有一天他来我家敲门，说要请我帮忙，支支吾吾半天才搞清楚，他要请我帮他写一级贫民的申请书，他不知从哪里听说没有职业的人可以申请市政府的社会补助。我听了不免大笑，对他说:“如果你也算是一级贫民，那我们都要到街上去当乞丐了。”他才打消了做一级贫民的念头。

说起来，我们的房东并没有错，而是我们的社会突然之间转变得快速，令他无以适应，由于五六十年俭省的生活，要说他舍不得花钱也不尽然，有时是无从用起。他失去了土地，每天仿若游魂一样在垃圾堆里捡拾可出售的字纸，到了夜里，则自己搬一张椅子坐在幽黝的马路旁边挥着纸扇，尤其是夏天，他时常呆坐一夜。有时我夜里回家，看到角落里又瘦又长的一具黑影，竟如同翻开一张上一个时代的老相簿，看到一个时代的流光余影。

房东的房东，则是比房东贫穷的一家，才从乡下搬迁来都市不久的农人。他们花月租五千元租到一个平房，大约有三十坪大小，本来一家祖孙三代人口住起来已经勉强，为了俭省，硬是划出五坪来租给我的房东。

这家人原在嘉义务农，因农村生活不易，才来都市谋生，他们姓简,简单的简。简老先生仗着自己和儿子在农田锻炼的强健体魄，到都市新建大楼的工地游牧似的打着零工,生活对他们仍是艰困的，因此不得不叫老伴和媳妇夜里到通化街上卖沙茶牛肉，白日里，那勤勉的媳妇则为人洗涤衣裳，我们附近的大楼，所有家庭的衣服全由他的媳妇收洗。

每天早晨，简老先生和儿子出门上工地，简老太太开始把砧板、椅子搬到门口的马路边，将一大块一大块的牛肉切成细片，并且熟练地切着成捆成捆的菠菜，以及剁碎辣椒、葱蒜等等。她的媳妇则就着水龙头洗着堆积如山的衣服，四个儿女则在附近的停车场玩耍。是一幅都市角落里真实生活的图画。

夜间，简老先生和儿子下工回来，一家人推着摊车到通化街去，要忙到深宵才回来。他们就那样坚强沉默地生活着，常常几天里听不见一家人有一句话。尤其是那个年轻的媳妇令我印象最深刻，她早上洗衣，下午帮婆婆准备牛肉摊子的事，晚上则在摊边掌厨；她只有一只眼睛，皮肤红里泛黑，是典型的农村壮妇。每次看到她的辛劳，我总感觉到自己的卑微，深知许多小人物的伟大是不用一言就散发出来的。

有时候，媳妇把衣服送来我家，随便坐坐，也会逗我们的孩子玩耍，她会在无意间谈起他们的乡间生活，一家人贫穷而安详的过去。有一回谈着谈着竟落了泪，不是因为不能适应都市，而是说道：“我们一家人在乡下，因为耕田的缘故，根本是不吃牛肉的，没想到来了台北，却靠卖牛肉为生，我担家（公公）常为这事而痛心。”忍不住泪就糊了眼睛。

那时从一个媳妇的口中，我真体会到曾在乡下疼惜过耕牛的老人，如今却卖起牛肉的心情。

她的先生是几年来仿佛没有开过口的，中年有力气的身躯，放工的时候则蹲在门口一口一口地吞吐着香烟，他蹲踞的姿势还是非常乡间的，就像围在庙口蹲在地上和人下象棋的样子，只是眼前没有象棋，而村人与庙则在他的烟里，升进屋顶的一角。偶尔打起自己的孩子像泄气，一个巴掌五条红印，我在都市就没有见人那样打过孩子，他是那种爱着孩子也不能表达的人。有一次看他打得孩子号啕，自己就在墙角揉着眼睛，后来他的太太才告诉我：“他是气孩子，不像在乡下那样单纯了。”

我想，他如果用乡下的标准来看这个变动的城市，来衡量自己的孩子，他恐怕永远要蹲在门口沉默地抽烟了。

在我们的巷口另有一间小屋，由于它的土地太小又呈不规则的三角形，所以不能像一般的土地盖起大楼。屋中住了一家四口，以洗车为业，家长是退伍军人，显然与妻子的年龄相差不少，一对儿女各在国中国小就读。他们每天天不亮时就沿着整条街洗过来，儿女一起帮忙，一直工作到天亮，小孩子去上学，父母则继续在小屋门口洗那些零星的车，直到天黑才收起水桶回家。不要小看这洗车的行业，有一次家长告诉我，他们辛苦工作，一家人合起来也有五万元收入，远远超过一般的职员。他感叹地说：“有车子的人自己都是不洗车的。”过了几年，他们搬迁新家，就住在街对角的大楼里，全是洗车钱买下来的，那里的地价一坪接近九万，可是他们每天还是出来洗车，工作是那样辛劳，但想起他们得到的回报，使我觉得在这寂寞都市中，还有很多充满热力工作着的人。

对于住在我家附近，生活劳苦卑微的人，我有较多的了解，但与我住在同一大楼里的人家，我就所知很少了，住了四年多，我只认识了三户，原因很简单，因为大家每天都大门深锁，偶尔见面是招呼都不打的，反而不如住在平房的人那么亲切。

我认识的第一个邻居，是住在我对门的夫妇，到现在我还不清楚他们的职业。只见邻人太太每天牵着北京狗在附近散步，不管什么时候她都是盛妆的，脸上整洁、衣着光鲜，仿佛随时准备赴宴，他们夫妻还算亲切，但是问起在何处工作则全是神秘地笑笑。

我想他们不论做何工作，麻将一定是他们的副业，一年三百六十五天，几乎有三百六十天隔壁会传来吵人的麻将声，夜里固然是打麻将的好时间，常常清晨或中午也是麻将声不断。他们的牌搭都是陌生的面孔，川流不息，一个家庭打麻将到这种地步，还是我所仅见。

深夜工作时，听到隔墙传来的麻将声，我总为这整个都市深深地悲哀。难道除了麻将，没有别的事可以做了吗？问题是，我从来不知道他们除了麻将还有什么别的事，也许，将来也不会知道。

住在我楼上的一位歌星，是我住了两年才知道的。我过去总为楼上的弦歌不断感到纳闷，以为住了一位热衷于歌唱的少女。夜里独坐阳台就如同在欣赏流行歌曲表演，唯一不同的是，这表演一再重复，有时一首歌唱了百次。

有一回看完周末下午无聊的电视综艺节目，坐电梯时才赫然看见楼上的少女，她的脸孔是在刚刚的电视里看见的，这时才知道她是一位歌星，而且名气还不算小。

“刚刚在电视上看见你唱歌，你的歌唱得不错。”我说。

她嫣然地笑起来，颇以能被邻人认出而高兴的样子，我们就是这样认识的。

和一般的歌星相同，她的脸时常都是五彩缤纷，像是刚从舞台归来或正要上台的样子，身上的香水味儿足以令意志薄弱的人窒息——我每次独坐电梯闻到浓浓的香水味儿，就知道我的歌星邻居刚刚出门了。

歌星开着一部深蓝色的 BMW 大轿车，她的作息时间不定，唯一知道的是她每天练歌不辍。听说她来自东部一个偏远的乡下（是在报纸上知道的），已经在这个复杂的圈子里唱了十几年了，报纸上还刊出她刚出道不久清纯的相片，那张相片与现在的样子简直无法联想了。

看到歌星，我脑子里就浮起无以数计的乡下少女，她们做着明星的美梦，依据着电影来改变自己，脸上的化妆和电视上一样，身上的衣服依据电视剪裁，甚而一举手一投足全是模仿着电视，有一天，她终于上了电视，就和原来的自己远远不同了。我的邻居歌星算是幸运的，虽然没有机会出唱片，没有机会成为红的歌星，或没有自己的歌，但听说她也是秀约不断地能在灯红酒绿的舞台上演唱了。

我认识的第三户邻居最近搬走了。他原来是一个房地产公司的老板，每天西装革履，开着一部意大利的法拉利跑车，是白色的，车身上还喷了一只振翅的老鹰，和他的人一样地飞扬。前几年房地产好的时候，他拥有不少房子，也挣了很多钱，不知道为什么，短短一年不但钱赔光了，房子让给别人，连唯一的住家也廉价卖掉，不知搬往何方。

我大楼的邻人们是目前典型的台北人，他们打一圈麻将，踩一下油门，唱一首歌，可能是住在对门矮房子的邻居苦苦工作一个月的代价。那些矮屋中的人是“都市的乡下人”，他们住在都市，心情还是乡间的，甚至生活方式也简单一如乡下。大家住在同一个巷子里，生活却天差地别，我有时很能体会对面坐在阴暗角落的邻人们生活的实质，有时又仿佛知道住在大楼中的人生活的无奈。

如果我们愿意留心，在这个都会中，到处都是“阴阳巷”，都是与生活挣扎搏斗的痕迹。走在都市里其实像走在一本书架上的相簿，有时是黑白的，翻了几页突然看到一页彩色，黑白自有其美，彩色也有虚妄的一面。

问题是，黑白页里的人往往向往着彩色，而有了彩色的人又都忘记了他们黑白照片中的一段日子。

这是台北，而且是一九八四年的台北。

奥威尔正躲在一个黑暗的地方，冷冷地微笑。

水月河歌

带孩子坐小火车到淡水，去河口看夕阳。

这是我青年时代喜欢短程旅行的一条路，那时候总是一个人跳上小火车到淡水去，最好是下午时分，小火车通常是空荡荡的，给我一种愉悦的平安心情。

那时候到淡水的公车颠簸得厉害，而且要经过许多风沙的洗礼，坐火车是最好的交通工具。火车铁道的两岸，偶然可以见到水牛与白鹭鸶，放眼望去全是翠绿的稻田，时常令我想起南方的家乡，从台北到淡水就好像穿过一个美丽的传说。

到了淡水，从车站出来，我常跑到小镇的两家古董店里。那古董店被极厚的灰尘蒙住，仿佛从未清洗过，古董也堆积得乱七八糟，一般人走过也不会发现的，可是我常在里面盘桓半天，常常会找到一些令人惊喜的东西。

如果时间还早，顺便看附近几家卖竹器的小店，他们有精美的虾笼、草鞋、竹篮，价钱便宜。然后，从竹器店旁边永远泥泞的小巷穿进去就是淡水龙山寺了。那里有最安静的午后的阳光，独眼老妇泡来一壶很粗苦的老人茶，喝到完全没有味道时，正好读完一本诗集。

茶喝完后，以一种极为休闲的心情踱过古老的石板路，沿着依旧鲜明的老墙垣，先到鱼市去看鱼贩子叫卖鲜鱼，体会一下生活的艰辛，这时候看夕阳的时间大概就到了。

河口的地方通常泊着一些刻写着岁月风霜的小木舟，岸上有一些人立着钓鱼，注视着海面，钓鱼的人从七十多岁的老先生到七八岁的孩子都有，有的是阿公带着孩子。看他们站的姿势，大概可以知道他们是哪里人，外地来的人有点儿局促，淡水本地人则自在得近乎无为。

运气好的话，正好可以赶上从淡水开到八里的小渡轮，买了票，三三两两上船，在船上看巨大清澄的夕阳从遥远的海面落下，注意看，那海面是有间层的，靠近我们的地方是深蓝色，然后是浅蓝色、绿色，靠近夕阳的那一条线则是黄金色的。夕阳也有间层，靠海面的一端是深红色，中间橘色，上面是金色，夕阳外面是放着万道霞光的天空。

我一直认为淡江夕照是台湾最美的夕照，那是因为河海交接处非常辽阔干净，左面又有翠绿的观音山作屏障，而这里的夕阳也显得格外巨大，巨大到犹如就在身边。

看完夕阳，海面开始起夜风了，巷道里有一家著名的鱼丸汤，是由鲜嫩的鱼酱做成，热气蒸腾，人潮汹涌，喝完汤后，会觉得是人生至美的享受了。这时不要去吃海鲜，因为如果吃了海鲜就“过度”了，过度则失去美感，应该在夜色升起之际赶搭小火车离开淡水，在离开的时候计划下一次的造访，于是，就在火车上，已经期待着下一次的淡江与夕照了。

我的青春时代有非常多的假日时光就是这样度过的，许多我喜欢的诗集也都在淡水龙山寺里读过一次。后来我结婚了，和妻子常去；有了孩子，在假日时候就带孩子去。我曾经无数次在黄昏时刻突然造访淡水的夕阳。

雨天没有夕阳的时候也是好的，只是秩序要倒过来，先到河口去，看汹涌的蓝黑色的海水拍打海岸，看在云雾中缥缈的观音山，然后在寒气里走过泥泞的市场，到龙山寺去喝茶，像那样粗糙的茶叶我平常是不喝的，可是听着落在天井里的雨声，却能品到那茶的滋味无比。

我的孩子没有像我那么幸运，我第一次带他坐小汽车到淡水的时候，龙山寺的茶摊早就被寺庙赶走了，内部已全部改装粉刷，好像一个臃肿的中年胖妇，努力涂满脂粉，却反而显露出庸俗的面貌，龙山寺的岁月随着美感同时失落在充满腥味的市场里。

古董店的好古董全部被卖光了，看一下午也看不到一个惊喜。

竹器店里的东西再也不如以前精致了。

鱼市场里，海鲜一样多，可是有时候渔人把招潮蟹也捕来卖，招潮蟹一点儿也没有肉，是用来骗外地人的，可见得道德的低落。

最糟的是小火车所路经的两边，美景已经不再，大部分时候都弥漫着青灰色的烟尘，使人不敢大口呼吸的一种颜色。

河口的海岸上已经没有人垂钓，听说如果有人在河口边钓到大鱼已经是奇迹了，大部分鱼虾都因污染而死，不死的也往外海游去了，海面上是一片点点星星的浮油，散发着微微的臭气，在海上飘去又聚拢，好像永远不会消散的样子。

连夕阳照在海面的颜色都变了，光泽不再有任何的间层，只是黑黝黝的一片。

我的孩子很少有机会坐小火车，在火车上跑来跑去兴奋得不得了，到了河口的时候，他看海看山都痴了，他说，山好高，海好大，夕阳好美。

他说：“爸爸，大海好美。”说完赞美地叹了一口气，我也随他叹了一口气。我的孩子从来无法比较，因此他认为眼前就是最美的海了，所以叹气。我的叹气是，我永远也无法告诉孩子，我少年时代眼中所见到的同一个海口是多么美，那是他所不可能追想的。

河海的面相如此，我们差不多可以推想，那一条曾经有过辉煌人文史实的淡水，从最上游到最下游，几乎全被污染了，鱼虾固已死灭。我想，也没有人敢喝一口淡水河里的水了，一口，想必就能致命。

谁能想到，这种变化只是十几年的事呢？

有一位民意代表曾经在抨击淡水河污染时激动地希望主管污染的官员去喝一口淡水河的水，并且说出他心底最低的希望。他说："我们不敢盼望淡水河有河清之日，但是我希望在两千年时有人敢跳下淡水河游泳，能做到这样，污染的防治便成功了。"他的心情我是可以理解的。

带孩子回台北的时候，天色已经全黑了，我回望淡水，想起少年时代的情怀与往事，都已经去远了，是镜花，也是水月，由于一条河的败坏，更感觉到那水月镜花是虚幻不实的。

那一切的水月河歌，虽曾真实存在过，却已默默流失，这就是无常。

无常是时空的必然进程，它迫使我们失去年轻的、珍贵的、戴着光环的岁月，那是可感叹遗憾的心情，是无可奈何的。可是，如果无常是因为人的疏忽而留下惨痛的教训，则是可痛恨和厌憎的。

"世界光如水月，身心皎若琉璃"，这个世界的水月不再光明剔透了，作为一个渺小的人，只有维持自心的清明，才能在这五浊[①]的世间唱一首琉璃之歌吧！

我抱紧我的孩子，随火车摇摆，离开了淡水，失去了一个年轻时代的故梦。

---

① 佛教称"劫浊、见浊、烦恼浊、众生浊、命浊"为"五浊"。

想象的城堡

一位在现代社会受够了烦郁与挫折的青年，决心去找老师学禅，希望能断除生命的烦恼。

他终于在毗邻着海岸的松林中见到了一个禅师。青年开始向禅师诉说了他在生活、社会及情爱中所遭受的种种烦恼，并且说出希望来学习禅的愿望。

安静沉默的禅师不知道有没有听到青年的诉苦，因为他的眼睛总是看着木屋前的连绵松林，眺望着山崖远方的大海，等到青年停止了说话，禅师自言自语地说："这帆船遇到满帆的风，行走得好快呀！"

青年转头看海，看到一艘帆船正迎风破浪前进，但随即回过头来，他以为禅师并没有听懂他的意思，于是加重语气地诉说了自己的种种痛苦，因为他在个人的烦恼、爱情的破灭、社会的缺陷、人类的前途中已经快要纠结得发狂了。

禅师好像在听，好像不在听，依然眺望着海中的帆船，自言自语地说："你还是想想办法，停止那艘行走的帆船吧！"

说完，就起身走了。青年感到非常茫然，他的问题甚至没有任何解答，只好回家去。过几天以后，他又来拜见禅师，一进门他就躺在地上，两脚竖起，用左脚脚趾扯开右脚的裤管，他的形状正像一艘满风的帆船。

老禅师会心地笑了,随手打开西窗说:“你能让那座山行走吗？”青年没有答话，站起来在室内走了三四步，然后坐下来，向老禅师顶礼，礼拜完后默然下山离去，再度投入红尘。

读完这个故事，我们心里会有一些感受，禅师事实上并未回答青年的问题，青年却自己找到了答案。禅师所回答的有两个层次，一是解决生活乃至生命的苦恼，并不在苦恼的本身，而是在一个开阔的心灵世界，需要想象的开拓，就如同从社会的苦闷进入海洋的帆船一样。二是只有止息心的纷扰,才不会被外在的苦恼所困扼，因此要解脱烦恼，还不如自我意念的清净，正如在满风时使帆船停止。

这种得到自我和谐，不被外境所转动的，是一种禅的消息，也就是“禅心”。

生活在现代社会里，我们每个人都像那被情感、家庭、社会所缠绕的青年,找不到平安的所在,有许多人就那样痛苦地过了一生。

也许，禅的世界里那不可思议的、非思量的、当下即是的、无上微妙的禅心，是我们难以体会的。我们不能把自己变成一艘悠游的帆船或一座移动的山，但我们把注视人世现实苦闷纠葛的眼光抬起来，看看屋外的松林，听听松涛的呼唤，甚至往远处眺望无垠的大海以及满风的帆船，而使心中有对生命新的转移与看待，并不是太困难的事。

不能进入禅世界的现代人，也应该在心灵中保有一座想象的城堡，每天有一段时间沉静下来不随着外在世界的事物转动，洗涤自己、清明自己、沉默自己，使自己在想象上有比真实生活更大的时空，具有澎湃宽广的胸襟，才能使苦恼的伤害减到最低。

我时常把进入想象城堡的时间称为“清凉时间”，有了清凉时间才可以使一个平常人也有非凡的生活智慧，也才能做一个平常而不平凡的人。

心灵的护岸

吃晚饭的时候，我对妈妈和哥哥说：“明天我想带孩子去护岸走走。”他们同时抬起头来看了我一眼，点一下头，又继续吃饭了，那意思于我已经很明确，就是护岸已经不值得去了。

护岸是家乡的古迹之一，沿着旗尾溪的岸边建筑，年代并不久远，是日据时代堆成的。筑造的原因，是从前的旗尾溪经常泛滥成灾，高达一丈的护岸，在雨季可以把溪水堵住，不至于淹没农田。

旗山的护岸或者也不能算是古迹，因为它只是由许多巨大的石头堆叠而成，它的特点是石头与石头之间并没有黏结，只依其各自的状态相互叠扣，石头大小与形状都各自不同，但是组成数公里的护岸，却是异常的雄伟与平整。

旗山原是平凡的小镇，没有什么奇风异俗，我喜欢护岸当然是感情因素。

在我幼年的时候，护岸正好横在我家不远的香蕉园里，我时常跑去上上下下地游戏，印象最深的是，春天的时候，护岸上只有一种植物“落地生根”，全数开花时，犹如满天的风铃，恍如闻到“叮叮当当”的响声。

在护岸底部沿着的沟边，母亲种了一排芋田，夏天的芋叶像菩萨的伞盖，高大、雄壮，有着坚强的绿色，坐在护岸上看来，芋头的叶子真是美极了，如果站起来，绵延的蕉树与防风的竹林、槟榔交织，都有着挺拔高挑的风格，个个抬头挺胸。

我时常随父母到蕉园里去，自己玩久了，往往爸妈已改变工作位置，这时我会跑到护岸上居高临下，一列列地找他们，很快就会找到，那护岸因此给我一种安全的感觉，像默默地守护着我。

我也喜欢看大水，每当暴雨过后，就会跑到护岸上看大水，水浪滔滔，淹到快与护岸齐顶，使我有一种奔腾的快感。平常时候，旗尾溪非常清澈，清到可见水里的游鱼，澈到溪底的石头历历。我们常在溪里戏水、摸蛤蜊、抓泥鳅，弄得满身湿，起来就躺在护岸的大石上晒太阳，有时晒着晒着睡着了，身体一半赤一半白，爸爸总会说:“又去煎咸鱼了，有一边没有煎熟呢。还未翻边就回来了。”

护岸因此有点儿像我心灵的故乡，少年时代负笈台南，青年时代在台北读书，每次回乡，我都会在黄昏时沿护岸散步，沉思自己生命的蓝图，或者想想美的问题，例如护岸的美，是来自它的自身呢？或是来自小时候的感情？或是来自心灵的象征？后来发现美不是独立自存的，美是有受者、有对象的，真实的美来自生命多元的感应道交，当我们说到美时，美就不纯粹客观，它必然有着心灵与情感的因素。

我对护岸的心情，恐怕是连父母都难以理解的，但我在护岸散步时，常会想起父母作为农人的辛劳，他们正是我们澎湃汹涌的河流之护岸，使我即使在都市生活，在心灵上也不至于决堤，不会被都市的繁华湮没了平实的本质。

这一次我到护岸，还征求了三位志愿军，一个是我的孩子，两个是哥哥的孩子，他们常听我提到护岸是多么美，却从未去过。他们一走上护岸，我就看见他们眼里那失望的神色了。

旗尾溪由于上游被阻绝，变成一条很小的臭水沟，废物、馊水、粪便的倾倒，使整个护岸一片恶臭。岸边的田园完全被铲除，铺了一条产业道路，路旁盖着失去美感、只有壳子的贩厝。有好几段甚至被围起来养猪，必须要掩鼻才有走过的勇气。大石上，到处都是宝特瓶、铝罐子和塑料袋。

走了几公里，孩子突然回头问我："爸爸，你说很美的护岸就是这里吗？"

"是呀，正是这里。"心里一股忧伤流过，不只护岸是这样的，在工业化以后的台湾，许多有美感的地方不都是这样吗？田园变色、山水无神，可叹的是，人都还那样安然地继续把环境焚琴煮鹤地煮来吃了。我本来要重复这样子说："我小时候，护岸不是这样子的。"话到口中又吞咽回去，只是沉默地、一步一步地走向护岸的尽头。

听说护岸没有利用价值，就要被拆了，故乡一些关心古迹文化的朋友跑来告诉我，我不置可否，“如果像现在这个样子，拆了也并不可惜呀。”我铁着心肠说。

当我们说到环境保护的时候，一般人总是会流于技术的层面。或说：“为子孙留下一片乐土。”或说：“我们只有一个地球。”这些只是概念性的话，其实保护环境要先保护我们的心，因为我们有什么样败坏的环境，正是来自我们有同样败坏的心。

就如同乡下一条平凡的护岸，它不只是石头堆砌而成的，它是心灵的象征，是感情的实现，它有某些不凡的价值，但是粗俗的人，怎么能知道呢？

我们满头大汗回家的时候，妈妈正在厨房里包扁食（馄饨），正像幼年时候，她体贴地笑问：“从护岸回来了？”“是呀，都变了。”我黯然地说。妈妈做结论似的：“哪有几十年不变的事呀。”然后，她起油锅、炸扁食，这是她最拿手的菜之一，是因为我返乡，特别磨宝刀做的。

“哧——”，油锅突然一声响，香味四散，我的心突然在紧绷中得到纾解。幸好，妈妈做的扁食经过这数十年，味道还没变。我走到锅旁，学电视里的口吻说：“嗯，有妈妈的味道。”妈妈开心地笑了，像清晨的阳光，像清澈的河水。只有妈妈的爱，才是我们心灵永久的护岸吧，我心里这样想着。

时间道场

一分钟很短，但是，一分钟比五十九秒还长，比一秒钟更长很多，所以，要珍惜每一分钟。

佛经里最短的时间是“一刹那”，等于七十五分之一秒。一念里有九十刹那，一刹那有九百生灭，因此连刹那也是无限。

佛经里最长的时间叫“阿僧祇”，是不可计算、无量数的意思，据称一阿僧祇有一千万万万万万万万万兆年，可是又说：“一念遍满无量阿僧祇劫”，因此长短并没有分别。

一弹指，也是佛经的用语，一弹指有六十五刹那，有的经说一弹指有九百六十生死，有的经说一弹指之间心念转动九百六十次。还有说二十念为一瞬，二十瞬为一弹指。又有说，四百念为一弹指，一万二千弹指是一昼夜。并不是佛经不统一，而是时间相对的概念，不是绝对的。

有的人一分钟当于千世用，有的人千百世轮回生死业海茫茫，不及别人的一弹指顷。

一寸时光，就是一寸命光，每一眨眼，命光就流逝了。因此，注意当下，就是珍惜永恒的生命。

在思想与思想之间，时间一定留有空隙，只要进入那空间，有觉察的力，时间就等于智慧。

不要期待永恒的理想，若能安住在此刻的时间上，此刻就是净土，就是永恒的理想。

“万法归一，一归何处？”其实，一就展现了万法，就像一秒钟不能从一万年抽出，一万年则是由一秒组成。

年龄不能作为智慧的依据，因为每个人都是宇宙的老人。上帝未生之前，我就存在了，这是宇宙的真实。

有理想、有壮怀的人不因时间消逝而颓唐，而是到死的瞬间还保持着向前的心。

我喜欢两副对联：

世事如棋局，不着者便是高手；
一身似瓦瓮，打破了才见真空。

两个空拳握古今，握住也须放手；
一支金笏担朝政，担起也要歇肩。

——真是道尽了人与时间赛跑的关系，人不能与时间赛跑，但人可以包容时间、善待时间。

极大之处，有极小存在；极近之处，有极远存在；极恶之处，一定也有佛存在。

时间是空，但它创造了无限的有；时间是不可捉摸的，却制造许多可捉摸之物；时间的空与不空是同一质、同一味。

“万法是真如，由不变故；真如是万法，由随缘故。”时间从未变过，因为钟表、日夜都不是时间；但时间也从未住留，因为整个宇宙都是时间的痕迹，时间的道场，在为我们说缘起的法、生灭的法。

只手之声

如果要我选一种最喜欢的花的名字，我会投票给一种极平凡的花："含笑"。

说含笑花平凡是一点儿也不错，在乡下，每一家院子里它都是不可少的花，与玉兰、桂花、七里香、九重葛、牵牛花一样，几乎是随处可见，它的花形也不稀奇，拇指大小的椭圆形花隐藏在枝叶间，粗心的人可能视而不见。

比较杰出的是它的香气，含笑之香非常浓盛，并且清明悠远，邻居家如果有一棵含笑开花，香气能飘越几里之远，它不像桂花香那样含蓄，也不如夜来香那样跋扈，有点儿接近玉兰花之香，潇洒中还保有风度，维持着一丝自许的傲慢。含笑虽然十分平民化，香味却是带着贵气。

含笑最动人的还不是香气，而是名字，一般的花名只是一个代号，比较好的则有一点儿形容，像七里香、夜来香、百合、夜昙都算是好的。但很少有花的名字像含笑，是有动作的，所谓含笑，是似笑非笑，是想笑未笑，是含羞带笑，是嘴角牵动的无声的笑。

记得小时候有一次看见含笑开了，我从院子跑进屋里，见到人就说："含笑开了，含笑开了！"说着说着，感觉那名字真好，让自己的嘴也禁不住带着笑，又仿佛含笑花真是因为笑而开出米白色没有一丝杂质的花来。

第一位把这种毫不起眼的小白花取名为"含笑"的人，是值得钦佩的，可想而知，他一定是在花里看见了笑意，或者自己心里饱含喜悦，否则不可能取名为"含笑"。

含笑花不仅有象征意义，也能贴切地说出花的特质，含笑花和别的花不同，它是含苞时最香，花瓣一张开，香气就散走了。而且含笑的花期很长，一旦开花，从春天到秋天都不时在开，让人感觉到它一整年都非常喜悦，可惜含笑的颜色没有别的花多彩，只能算含蓄地在笑着罢了。

知道了含笑种种，使我们知道含笑花固然平常，却有它不凡的气质和特性。

但我也知道，"含笑"虽是至美的名字，这种小白花如果不以含笑为名，它的气质也不会改变，它哪里在乎我们怎么叫它呢？它只是自在自然地生长，并开花，让它的香远扬而已。

在这个世界上，许多事物都与含笑花一样，有各自的面目，外在的感受并不会影响它们，它们也从来不为自己辩解或说明，因为它们的生命本身就是最好的说明，不需要任何语言。反过来说，当我们面对没有语言、沉默的世界时，我们能感受到什么呢？

在日本极有影响力的白隐禅师，他曾设计过一则公案，就是“只手之声”，让学禅的人参一只手有什么声音。后来，“只手之声”成为日本禅法重要的公案，他们最爱参的问题是：“两掌相拍有声，如何是只手之声？”或者参：“只手无声，且听这无声的妙音。”

我们翻看日本禅者参“只手之声”的公案，有一些真能得到启发，例如：

老师问：“你已闻只手之声，将作何事？”学生答：“除杂草，擦地板，师若倦了，为师按摩。”老师问：“只手的精神如何存在？”学生答：“上拄三十三天之顶，下抵金轮那落之底，充满一切。”老师问：“只手之声已闻，如何是只手之用？”学生答：“火炉里烧火，铁锅里烧水，砚台里磨墨，香炉里插香。”老师问：“如何是十五日以前的只手，十五日以后的只手，正当十五日的只手？”学生伸出右手说：“此是十五日以前的只手。”伸出左手说：“此是十五日以后的只手。”两手合起来说：“此是正当十五日的只手。”老师问：“你既闻只手之声，且让我亦闻。”学生一言不发，伸手打老师一巴掌。

一只手能听到什么声音呢？在一般人可能是大的迷惑，但禅师不仅听见只手之声，在最广大的眼界里从一只手竟能看见华严境界的四法界（理法界、事法界、理事无碍法界、事事无碍法界），有禅师伸出一只手说：“见手是手，是事法界。见手不是手，是理法界。见手不是手，而见手又是手，是理事无碍法界。一只手忽而成了天地，成了山川草木森罗万象，而森罗万象不出这只手，是事事无碍法界。”

可见一只手真是有声音的！日本禅的概念是传自中国，中国禅师早就说过这种观念。例如云岩禅师问道吾禅师："大悲菩萨用许多手眼做什么？"道吾说："如人夜半背手摸枕子。"云岩说："我会也！"道吾："汝作么生会？"云岩说："遍身是手眼！"道吾："道太煞道，只道得八成。"云岩说："师兄作么生？"道吾说："通身是手眼！"

通身是手眼，这才是禅的真意，哪须仅止于只手之声？

从前，长沙景岑禅师对弟子开示说："尽十方世界是沙门一只眼，尽十方世界是沙门全身，尽十方世界是自己光明，尽十方世界在自己光明里，尽十方世界无一人不是自己。"这岂止是一只手的声音！十方世界根本就与自我没有分别。

一只手的存在是自然，一朵含笑花的开放也是自然，我们所眼见或不可见的世界，不都是自然地存在着吗？

即使世界完全静默，有缘人也能听见静默的声音，这就是"只手之声"，还有只手的色、香、味、触、法。在沉默的独处里，我们听见了什么？在噪闹的转动里，我们没听见的又是什么呢？

有的人在满山蝉声的树林中坐着，也听不见蝉声；有的人在哄闹的市集里走着，却听见了蝉声。对于后者，他能在含笑花中看见饱满的喜悦，听见自己的只手之声；对于前者，即使全世界向他鼓掌，也是惘然，何况只是一朵花的含笑呢！

无灾无难到公卿

苏东坡有一首写自己孩子的诗，诗名叫《洗儿》：

人皆养子望聪明，
我被聪明误一生。
唯愿孩儿愚且鲁，
无灾无难到公卿。

这首寄意反讽的诗，其实是有着深沉的悲哀，苏东坡是历代最伟大的诗人之一，他不只诗文盖世，也有经世济民的抱负，可惜他的人太聪明、太敏感，又常常写文章直抒胸臆，得罪了许多权贵，使他的一生迁徙流离，担任的都是一些芝麻绿豆的小官。

反过来看看朝廷的那些大官吧！一个个又愚笨又粗鲁，在一个政治不清明的时代，也只有愚鲁的人才可能做到公卿吧！这就不免令诗人生起感慨："如果你想无灾无难地做到公卿，只有愚鲁一些，免得被聪明所误。"

九百年了，我们回顾苏东坡所处的政治环境，更理解了诗人的悲哀，在他的那个时代，确实没有几个人比他聪明的，而他的同时代做公卿的人，我们甚至连名字都不知道，更别说是政绩了。

可见，在历史的洪流中，政治乃是一朝一夕之事，愚鲁的政治人物在得意洋洋之际，很快就会被潮流淹没了。而文章乃是寸心千古的事，文学家在灰心之余，不应跟着丧志，他的掌声不是来自政权的，而是来自民间的。

我有时会想，如果苏东坡一生都在宦海得意，可能正是中国文学的悲哀，一个人一直在权力的漩涡之中，不要说没有时间和心思创作了，在心情上也会失去“在野的沧桑”，就难以有什么佳作了。

因为，文学的心，基本上是在野的。

陶渊明、王维、李白、杜甫、杜牧、李商隐、陆游、苏东坡，哪一个是公卿呢？在生命的流放与挫折的时候，才会有敏感的心来进入文学，也只有在悲哭流离之际，才会写下动人的诗篇。

比较可叹的是，历史上做文学家的人，从文都是生命中的第二选择，他们的第一志愿都是位居公卿。但是，幸而做了公卿的人，其实是断送了文学的心，幸而未做公卿的人，写出了千古的诗文。

这是历史上诡谲而难以衡量的真情实景，担任公卿的人不一定是愚且鲁的，但是政治是最限制与最现实的，不可能有什么石破天惊的作为，最后自然沦为平庸的公卿，百代之后看来，只有“愚且鲁”三个字可以形容了。写文章、作诗歌的也不一定是聪明人，只是文学是最无限与最富想象的，若有五分才气，加上持之以恒，不难成就一家之言，最后卓然成家，百年后观之，思想自在公卿之上。

我们不免就会形成天平的两端，一端是“无灾无难到公卿”，二是“多灾多难多诗文”，一端高起来，一端就垂下去，这是不变之理。一个人不可能拥有绝对的权力，还能写出绝对的好文章，因此政治人物的语录、文集、训示等等，用于谋权图治则可，作为文章，实在是世间的糟粕呀！

就以苏东坡来说，他自称是“寒族”“世农”“生于草茅尘土之中”。随父亲苏洵入京，举进士第之后，开始了坎坷的一生。他三十多岁就开始被贬谪、流放，从黄州、杭州、颍州、定州、惠州、儋州，一直到岭南，数十年都在迁徙流离中度过，两度被召回朝廷，做过翰林学士、中书舍人、侍读、兵部尚书等要职，随即又被流放，一直到他死前半年度岭北归才正式获赦。

真不敢想象苏东坡如果官场顺利会怎么样，顶多是另一个王安石或司马光吧！

苏东坡晚年最后的诗是《自题金山画像》：

心似已灰之木，
身如不系之舟。
问汝平生功业，
黄州惠州儋州。

写完这首诗，两个月后，他在常州病逝。

贬谪是不幸的，但贬逐也使苏东坡的创作更深沉，并且成为“平民英雄”。他一顶布帽、一根竹杖的形象，一直到现在都是平民百姓最喜欢的形象，温暖、可亲，而有人味。

在中国历史上，一直到现代，愚且鲁的人位居公卿的也不少，但要“无灾无难”也是难矣哉！政治人物动见观瞻，被骂被糗无日无之，要开拓自己的形象，有时不免要登全版的广告。即使心里不忮不求也不能讲出来，一说出来，纵使信誓旦旦，百姓也很难相信。做官的人动辄有数千万的财产，也有数亿、数十亿、数百亿的，即使有人告诉我，他们都很清白、清高，我也不能相信呀！好吧！就算几十亿都清白、清高，这样的人能与村夫、农人、父老一起喝酒谈心吗？能真正锥心刺骨地了解百姓的贫困与艰苦吗？

“父老喜云集，箪壶无空携。”“江城浊酒三杯酽，野老苍颜一笑温。”“荷尽已无擎雨盖，菊残犹有傲霜枝。一年好景君须记，最是橙黄橘绿时。”还是做诗人文学家的苏东坡好呀！

愚且鲁的人做公卿可能是好的，像苏轼这样的人做公卿可能就不会舒适了！

○

叁 岁月的灯火都睡了

沉香木

从印度回来的朋友送给我一块沉香木，它外形如陡峭的山，颜色像黑釉，有一种极素朴悠远的香，飘流在空气里，那香木非常沉重，非一般的木石可比。

我知道，海南是我国热带植物宝库，最有名的当属海南花梨木，现在已经被当成稀有藏品，据说是论斤称两来加以交易，价格高得吓人。而这种比花梨木更加稀有的植物——沉香木，被喻为植物中的钻石。其与生俱来的香气至今无法人工合成，因而十分珍贵。

这种香是灾变和痛苦的磨炼换来的，犹如珍贵的琥珀是用昆虫的生命换来一样。因遭受雷击、风折、虫害感染或人畜为害等各种伤害，沉香树会分泌树脂以修补受伤部位。为治愈创伤，它开启了持久而奇妙的沉香制造与累积过程，甚至要经过数百年漫长岁月的磨炼，才能诞生珍稀优质的沉香。《本草纲目》记载：其积年老木，长年其外皮俱朽，木心与枝节不坏，坚黑沉水者，即沉香也。从这一点来说，沉香其实是沉香树经过了世纪的磨难而锤炼成的一种内在本质，犹如具备了神性一般的造化。

古籍中很早就有关于海南盛产品质上乘的沉香的记载。自宋代的时候开始，海南沉香便成了朝廷贡品，并逐渐成为商品，故有一片万钱之说。其时，谪居者苏东坡曾对海南沉香木加以吟诵："金坚玉润，鹤骨龙筋，膏液内足。"并作诗抨击当时乱砍沉香的行为，诗曰："沉香作庭燎，甲煎纷相如。岂若注微火，萦烟袅清歌。贪人无饥饱，胡椒亦求多。朱刘两狂子，陨坠如风花。本欲竭泽渔，奈此明年何？"苏东坡尽管自己身处窘境，但对沉香的关爱与重视，可以想见。从此，苏东坡身上便有了沉香的含蕴，海南的沉香也沾有了苏东坡的气质。

古往今来，围绕沉香，上演了一幕幕惊心动魄的人间悲喜剧，凝聚了多少美好的追求，寄托了多少速妙的愿景，也攒集了多少尔虞我诈的阴谋和罪恶。现代，沉香更成为人们展示个人品味与财富的象征。它是大自然馈赠人类改造生命、提升心境最美妙、最神奇的宝物。宗教虔诚者注重的是沉香的清静灵气，洋溢心灵芬芳；而富有的人则摆饰沉香，借以凸显其高贵的气度；文人雅士享受的是沉香所激发出来的优雅高尚的生活内涵与情趣。

沉香能够供佛、能够静心、能够去除秽气，这是大家都知道的。沉香最动人的部分，是它的沉，有沉静内敛的品质；也在它的香，一旦成就，永不散失。沉香不只是木头，它是一种启示。启示我们在浮动的、浮华的人世中，也要在内在保持着深沉的、永远不变的芳香。浮世是水，俗木随欲望水波流荡，无所定止；沉香是定石，在水中一样沉静，一样的香。一个人内心如果有了沉香，便能不畏惧浮世。

人世间存在许多诱惑，也会有许多沉香木，我们不可能拒绝一切，因为我们不是生活在真空中，我们不可能脱世，但可以脱俗。

木的香在于“沉”，它要历经数百年历史，方能成就。一旦成就，便不断地从内部散放出木质的芬芳，永不散失。木有“俗”与“雅”、“沉”和“浮”的分别，人不也是一样吗？人要脱俗，不被物欲所流转，就要有一颗坚实的心；有了坚实的内心，人少了一些浮躁，才能沉得下来，历经时间才能具有沉香的品质，一种沉静内敛的动人品质。人当身是浮木，心有沉香。

谦卑心

一

谦卑比慈悲更难。

慈悲是把众生当成自己的子女，从心底生起自然的慈爱与关怀。

谦卑是把众生当成自己的父母，从心底生起自然的尊崇与敬爱。

我们知道，无条件地爱子女是容易的，无条件地敬父母则很少人可以做到。

所以，谦卑比慈悲更难。

二

通常，我们对身份地位权势比我们高的人，容易生起谦卑之念，不易生起悲悯的心。

反而，我们对身份地位权势比我们低的人，容易生起悲悯之念，不易生起谦卑的心。

这是我们的我执未破，在人中有了高低。

修行的人应该训练自己，对众人敬畏位高权重的人，发起悲悯；对地位卑微生活困顿的人，生起谦卑。

有名利地位的人不是也很值得同情悲悯吗？

没有名利地位的人不是也很值得感恩尊敬吗？

对富贵豪强的人悲悯很难，对贫贱残弱者的谦卑更难。

三

悲悯使我们心胸宽广，善于包容；谦卑令我们人格高洁，善于感恩。

慈悲是由感恩而生的，感恩则源于真正的谦卑，骄傲的人是不懂得感恩的，而由于感恩，我们才可以无憾地喜舍。这是四无量心慈、悲、喜、舍的发起，谦卑的感恩是其中的要素。

有一位伟大的噶胆巴上师教导我们，思考某些因果关系，来发展我们的四无量心，这思考的方法是：

我必须成佛，是第一要务。
我必须发菩提心，这是成佛的因。
悲是发菩提心的因。
慈是悲的因。
受恩不忘是慈的因。
体认众生皆我父母，这个事实是不忘恩的因。
我必须体认这一点！
首先，我必须念念不忘今世母亲的恩，而观想慈。
然后，我必须扩大这种态度，以包括所有还活着的众生。

透过这种思考，我们可以愉快地观想，不断地念：

当我快乐时，愿我的功德流入他人！
愿众生的福泽充满天空！
当我不愉快时，愿众生的烦恼都变成我的！
愿苦海干涸！

我们的观想可以得到真实的谦卑，谦卑乃是感恩，感恩乃是慈悲，慈悲乃是菩提！

四

谦卑就是谦虚，还有卑微。

谦虚要如广大的天空，有蔚蓝的颜色，能容受风云日月，不会被雷电乌云遮蔽，而失去其光明。

卑微要如无边的大地，有翠绿的光泽，能承担雨露花树，不会被污秽垃圾沉埋，而失去其生机。

谦虚的天空不会因破坏而嗔恨，卑微的大地不致因践踏而委屈。

永远不生起嗔恨、不感到委屈，是真实的谦卑。

五

我一向不愿穿戴昂贵的服饰，不愿拥有名牌，因为深感自己没有那样名贵。

我一向不喜出入西装革履、衣香鬓影的场合，因为深感自己没有那样高级。

我要谦虚卑微一如山上的一株野草。

谦卑的野草是自在地生活于大地，但野草也有高贵的自尊，顺着野草的方向看去，俯视这红尘大地，会看见名贵高级的人住在拥挤的大楼，只有一个小的窗口。

我不要人人都看见我，但我要有自己的尊严。

六

一株野草、一朵小花都是没有执着的。

它们不会比较自己是不是比别的花草美丽，它们不会因为自己要开放就禁止别人开放。

它们不取笑外面的世界，也不在意世界的嘲讽。

谦卑的心是宛如野草小花的心。

七

宋朝的高僧佛果禅师，在舒州太平寺当住持时，他的师父五祖法演给了他四个戒律：

一、势不可使尽——势若用尽，祸一定来。
二、福不可受尽——福若受尽，缘分必断。
三、规矩不可行尽——若将规矩行尽，会予人麻烦。
四、好话不可说尽——好话若说尽，则流于平淡。

这四戒比“过犹不及”还深奥，它的意思是“永远保持不及”，不及就是谦卑的态度。

高傲的人常表现出“大愚若智”，谦卑的人则是“大智若愚”。

八

南泉普愿禅师将圆寂的时候，首座弟子问道：“师父百年后，向什么处去？”

他说：“山下做一头水牯牛去。”

弟子说：“我随师父一起去。”

禅师说：“你如果想随我去，必须衔一茎草来。”

在举世滔滔求净土的时代，愿做一头山下的水牛，这是真正的谦卑。

九

释迦牟尼佛在行菩萨道时，曾在街上对他见到的每一个众生礼拜，即使被喝骂棒打也不停止，只因为他相信众生都是未来佛，众生都可以成佛。

我们做不到那样，但至少可以在心里做到对每一众生尊敬顶礼，做到印光大师说的：“看人人都是菩萨，只有我是凡夫。”

是的，只有我是凡夫，切记。

十

我愿，常起感恩之念。

我愿，常生谦卑之心。

我愿，我的谦卑永远向天空与大地学习。

无声飘落

春天的午后，无风，他们也沉默地走在笔直的大路上，不时地对望一眼，一句话在喉边转动，又随着眼神逃开。

路旁的木棉花红透了，一种夕阳将要落下的颜色。他们走到路口等红灯时，两朵硕大的木棉花突然掉落，“啪嗒”一声同时落地，各往两边滚开，然后静止了。他看那两朵鲜红似昔的木棉花，本来长在同一株树上，一起向春天开放，落下时却背对着背；他知道落下的木棉花再美，很快就会枯萎了。

过马路的时候，他小心牵起她的手，感觉到她手里的汗水。他说：“在我的故乡，五月的时候，木棉花都结果了，坚硬得像木头一样。六月，它们在空中爆开，棉絮像雪，往四边飞落，我经常在木棉花裂开的那一刹那，在空奔跑抓棉絮，不让它落在地上，最后，大部分棉絮还是落在地上……”

说着，他回望她，不知何时她的眼睛竟红了，他捏捏她的手，说：“台北的木棉树只开花而不结果，当然没有棉絮。你看过棉絮吗？”她一摇头，两串泪急速爬过脸颊，落在地上。他看着地上的泪迹，知道他们是完全不同的两种人，生活在各自不同的世界，那是从她宁可去做缎带花而不肯陪他看木棉花时就知道了，他于是在心底祝福着她。

到下一个街口，他站定了，她还在茫然，他说："这是这条路上最美的一株木棉，就在这里送你走吧！"她未曾移步，他抬头看那株崇高的木棉，花已经落尽，枯干似的枝丫互相对举，他感觉到落了花的木棉树形状像是他送她的一株珊瑚，心在那一刻才抽痛起来。多年的情感如同木棉的棉絮，有非常之美，春天一过，它就裂开，四散飘飞，无声落地。

她说："我把你的订婚戒指弄丢了，不能还你。"

他说："没关系，别人送的一定更好。"

她哪里知道，那是他学生时代花一整个暑假在梨山做工赚来的，那时他走完一整条木棉大道才找到那只戒指，虽是纯金，却没有金的灿亮，颜色像是春秋战国挖出来的青铜。他从来没有对她说过做苦工的情景，他想，永远也不会说出来了吧！

她说："相信我，你是我见过最好的人，再也不会有人像你这样爱我了……"她的泪又流下，他笑笑，伸手为她拦车，直到看见她在街的远处消失，才忍不住有些鼻酸，往来路走回家。

回到第一个街口，看到原先两朵落下而背对的木棉花还在，他默默地捡拾起来，将两朵花套在一起，回家时放在桌上。他一夜什么事也不做，就看着木棉花一分一分地萎缩。

晨曦从窗外流进来的时候，木棉花已经完全枯萎了，他想起这两朵木棉花如果在南方的故乡，会长成棉果，往八方飞棉絮，如果遇到肥沃的土地，会生长出新的木棉树，这些，她永远不会懂的。他眼前突然浮现她最后流泪的样子，这是多年来第一次看她流泪，他最初的爱仿佛随她的泪落在地上，才知道，她的泪原是一种结局，像春末萎落的木棉花。

越过沧桑

朋友送给我一卷洪小乔的录音带，说他听了很感动，因为“有时间里沧桑的声音”，“现在大部分的创作歌曲都是为十七八岁的年轻人写的，很少人为中年人、老年人写歌，也很少人为儿童写歌，因此造成两极的现象，就是十岁不到的小孩也唱爱来爱去的歌，偶像是郭富城、刘德华。而中年以上的人，只好去听老歌，因为那些为小孩子唱的歌，我们听来是很幼稚肤浅的。”

听洪小乔的歌时，我想到那时我是高中一年级的学生吧！洪小乔叫“金曲小姐”，终日戴着宽边帽，唱着比校园民歌更早的民歌，她磁性的声音，使我们这些小萝卜头着迷不已，我还曾经写信要到一张她的签名照片，当时使许多同学羡慕不已。

想想，那已经是二十几年前的事，听说洪小乔的孩子也有十八岁了。二十年，怎一个沧桑了得，因此她的声音像一条钓线，把我们拉着飞越了长空，回到那个拉单杠、吃刨冰、躺在草地上看白云的岁月，而经过这么许多年，知道她还在写歌作曲，并且有勇气出来幕前主唱，心里真有些什么事物被触动了一下。

洪小乔的歌，和从前“风吹着我像流云一般”大有不同了，她的声音也从稚嫩变得有点儿沙哑了，但是我觉得很好，觉得是中年人唱给中年人听的歌。她的歌恐怕是少年孩子听不懂的，因为他们不知道什么叫沧桑。

在听洪小乔的歌时，我想到我们的流行歌坛应该多为“沧桑”做点儿什么，也就是更多元化，写出一些能表达除了爱情之外的富有感情的歌，让感情成熟的人也有歌可以唱。我们的许多词曲作者也都到了中年，我不能明白的是，为什么他们还是写着和十年前相同感情的作品？

由于情感没有随着歌曲发展，我们的流行歌坛一直显得十分幼稚，歌曲既没有突出的风格，歌手也没有独特的感情表达，因此形成“任何人可以唱任何歌”的情况,大部分的歌星都变得“半吊子”。我们每隔两三个月打开电视，会发现竟然没有一个歌星是认识的，大部分歌星在风格还没有确立的时候就消失了。我想起唱片制作人李宗盛说过一句话:“一个歌星每一次上台，只有打两拳的机会，两拳没有打中，就要下台了。”

唱片市场是如此立即与现实，因此几乎没有唱片公司愿意为个人风格和独特歌声下赌注，他们只是拼命在外表上包装，拼命制造一些不会唱歌的偶像，这对流行音乐的发展是非常可悲的。

全世界的流行歌坛都有常青树，由老歌星来领导流行歌曲的发表，在时空的流变中，这是相当重要的，唯有如此，才能诞生时代的歌曲。以我们熟知的麦当娜、迈克尔·杰克逊来说，他们都红十几年了。我们有几位是唱十几年的歌手呢？余天、陈淑桦、蔡琴、潘越云、齐豫？简直屈指可数。

我一直觉得流行歌曲是社会上重要的文化现象，它最能表达一个社会的文化活力，然后我们会发现我们的流行歌曲发展并不大，那是因为从事流行音乐的人不够用心，没有从多元的风格来思考，也没有努力来培育真正有独特才华的歌手。

在这种景况下，洪小乔还可以创作不懈，还可以出场唱歌，还有人愿投资出唱片，这是值得欣慰的，唯有一个社会能有“终生的歌者”，像法兰克·辛纳屈那样，像美空云雀那样，流行歌才能在沧桑中越过沧桑，给我们一些恒长而深刻的感动。

对于那些唱了十几二十年的歌手，我愿意献上最深的敬意，希望他们继续努力耕耘，为这个时代、这个社会的歌声留下坐标。

达摩茶杯

在日本买了一个枣红色的杯子，外面的釉彩是绿色、蓝色与黄色绘成的达摩祖师像。日本的达摩造型比较不像印度人，而像一个没有种族特征的孩子，圆墩墩的，带着无邪的笑意。

我不仅在茶杯上看见这样的达摩，也在灯笼上看过，在酒壶酒杯上看过，甚至在不倒翁、玩偶和面具上看过。

达摩祖师几乎已经成为日本人的图腾，甚至彻底日本化了。日本人大概是最崇拜达摩的民族了，在达摩的出生地印度，早已没有人知道达摩这一号人物。在达摩后半生游化的中国，虽然也敬仰达摩，但也没有到无所不在的地步。

我曾在台北的中山北路工艺品店看过许多达摩的画像，也曾在苗栗的三义乡看过许多达摩的雕刻，大陆的石湾陶也有许多达摩作品。初始，我以为中国人总算没有忘了达摩，后来才知道，那些作品绝大部分是为日本观光客做的。

不止达摩，像以寒山、拾得为画像的“和合二仙”在日本也很流行。像布袋和尚，我们把他当成弥勒佛，在日本他却是七福神，是民间祭祀的对象。

在日本，达摩祖师如此风行，在中国，为什么反而日渐被漠视呢？我们在禅风大起的时代，要如何来看待达摩祖师呢？

读过日本茶道书籍的人，都知道日本茶道开宗明义的第一章便与达摩祖师有关。传说菩提达摩在少林寺面壁九年期间，因为追求无上觉悟心切，夜里不倒单，也不合眼。由于过度疲劳，眼皮沉重得撑不开，最后他毅然把眼皮撕下来，丢在地上。就在达摩丢弃眼皮的地方，长出叶子翠绿的矮树丛（树叶就像眼睛的形状，两边的锯齿像睫毛）。那些在达摩座下寻求开悟的徒弟，也面临眼皮撑不开的情况，有的徒弟就摘下一片又绿又亮的叶子咀嚼，顿时精神百倍。于是，人们就把“达摩的眼皮”采下来咀嚼或泡水，产生一种奇妙的灵药，使他们可以更容易保持觉醒状态——这就是茶的来源。

这个传说之所以在日本流行，首先是因为日本人的武士道，性格决然，曾以“想睡觉了就把眼皮撕下来”为手段来达成目的。可是中国的祖师是反对“吃时不肯吃，百般需索；睡时不肯睡，千般计较”的，主张“吃饭时吃饭，睡觉时睡觉”比较合乎禅的精神。

其次，日本人认为达摩面壁九年，是在寻求无上正觉。从史实来看，达摩来中国时已经正觉，他是来寻找“一个不受人惑的人”，也就是来度化有缘人的。少林寺的九年面壁，只不过是期待合适的弟子予以教化罢了。

因为“达摩的眼皮”的传说，把达摩的像绘在茶壶、茶杯上，给了我们一个觉醒的启示：喝茶不只在解除口舌上的热渴，也要有一颗觉醒的心来解除人生烦恼的热渴。

达摩被我们视为“禅宗初祖”，他的名声虽大，他的思想却很少人知道。根据学者的研究考证，达摩真正的思想所在，应该最接近后世流传的“二入四行论”。

“二入”是从两种方法进入禅悟：一是“理入”，就是要勤于教理地思考，认识教理，解除生命的盲点，然后才能舍伪归真；二是“行入”，就是以生命来实践，以佛的教义实际地履行，除去爱憎情欲，以进入禅法。

这就是“不受人惑”的入门呀！

以达摩祖师之教化，后世禅宗分为“贵见地不贵行履”和“贵行履不贵见地”，实际上都有违祖师教化，走入极端了。

见地是为了提升境界，实践是为了印证境界，前者是未登山顶而知道山顶有好风光，后者是一步一步地登山，一定要爬上山顶的时候，才能同时汇流，豁然贯通！

“四行”是体验修证佛道的四种具体的行法，即“报冤行”“随缘行”“无所求行”“称法行”。

“报冤行”是指我们所遇到的一切苦难，都是从前恶缘汇集的结果，故当无所埋怨地承受。“随缘行”是指我们所遇到的一切喜庆成就，乃是从前善缘的成果，故应无所执着骄满。“无所求行”是指世人由于有所贪求，才会迷惑不安，如果能无所求，就能无所愿乐、万有皆空、安心无为、顺道而行。“称法行”，是明白本性清净才是究竟的法，所以在世间一切法上，无染无着、无此无彼，虽然自利利他，也能安住于空法。

达摩祖师的“二入四行论”可以说是禅宗根本的理趣所在，如果能从此进入，就可以安心于道了。达摩祖师曾对两位弟子慧可、道育说过一段重要的话：

> 令如是安心，如是发行，如是顺物，如是方便，此是大乘安心之法，令无错谬。如是安心者壁观，如是发行者四行，如是顺物者防护讥嫌，如是方便者遣其不着。

我把达摩祖师的“二入四行”简单地说，禅的修行是从“有意”超入“无心”。“无心”即是本性清净的意思，在本性清净的大原则下，一个人有多少执着，就含有多少束缚，减少束缚的方法，就是去化解执着——在见地上化解，在实践中化解，在行止里化解，到了解无可解、化无可化之境，心也就清净了。

一切生活中的事物，不都可用“二入四行”来给予直观吗？即使微细如喝茶这样的小事，在直观中，也能使我们身心提升到清净之处呀！

我喜欢日本茶道的四个最高境界，叫作“和敬清寂”，“和”是“心存平和”,“敬”是“心存感恩”,“清”是“内在坦荡”,“寂”是“烦恼平息”。

“和”是“报冤行”，即使是生命中最大的困顿，也能与之处于和谐的状态。

“敬”是“随缘行”，感恩那些使我能随顺生活的事物和人，对它们有崇仰之想。

“清”是“无所求行”，是内心永远晴空万里，有亮丽的阳光，无所贪求和企图。

“寂”是“称法行”，是止息一切波动，安住于平静。

“和敬清寂”不是呆板的，而是活泼的，就像火炉里的木炭经过热烈的燃烧，保留了火的热暖，而不再有火的形貌。人在烦恼烈焰之中亦如是——燃烧过后，和合相敬，清朗静寂，但不失去智慧的光芒与慈悲的温暖。

我在用绘有达摩祖师像的茶杯喝茶的时候，时常想起他的一首偈：

亦不观恶而生嫌，
亦不观善而勤措，
亦不舍智而近愚，
亦不抛迷而求悟。

我把它试着译成白话为：不必看到坏的人事就生起嫌恶的心，不必看到好的事功就生起企图的心；不必舍弃智慧而去靠近愚痴的景况，也不必抛弃散乱的生活去追求悟的境界！

也就是说，如果手里有一杯茶，就好好地来喝一杯吧！品味手上的这一杯，不必管它是乌龙还是铁观音，也不必管它是怎么来到我手上的。如果遇见人生的情境，不必管它是好是坏，不必管它怎么独独落在我的头上，坦然地饮下这一杯苦汁或乐水吧！

如果手上还没有茶，那么来煮一壶水，把水烧开了，抓一把茶叶，准备喝一杯吧！忙乱的生活如此燥热，没有清凉的茶无以消火解渴；烦恼的生命如此焦渴，缺少一杯法雨甘露，生命的长途就更郁闷难耐了。

我手上的达摩茶杯，很愿意借给有缘的人！

血的桑葚

在遥远的梦一般的巴比伦城，隔着一道墙住着匹勒姆斯和西丝比，匹勒姆斯是全城最英俊的少年，西丝比则是全城最美丽的少女。

隔着古希腊那高大而坚固的石墙，他们一起长大，并且只是对望一眼就互相深深牵动对方的心，他们的爱在墙的两边燃烧。可惜，他们的爱却遭到双方父母的反对，使他们站在墙边的时候都感到心碎。

但热恋中的男女总是有办法传递他们的讯息，匹勒姆斯与西丝比共同在那道隔开两家的墙上找到一丝裂缝，那条裂缝小到从来没有被人发现，甚至伸不进一根小指头。可是对匹勒姆斯与西丝比来说已经足够让他们倾诉深切的爱，并传达流动着深情的眼神。

他们每天在裂缝边谈心，一直到黄昏日落，一直到夜晚来临不得不分开的时候，才互相紧贴着墙，仿佛互相热烈地拥抱，并投以无法触及对方嘴唇的深吻。

每一个清晨，就在微曦刚刚驱走了天上的星星、露珠还沾在园中的草尖的时候，匹勒姆斯与西丝比就偷偷来到裂缝旁边，倚着那一道隔阻他们的厚墙，低声吐露难以抑压的爱意，并痛苦地为悲惨的命运痛哭。

有时候，他们互视着含泪的眼睛，一句话都说不出来。

这样过了一段时间以后，他们终于决定逃离命运的安排，希望能逃到一个让他们自由相爱的地方。于是，他们相约当天晚上离家出走，偷偷出城，逃到城外树林墓地里一株长满雪白浆果的桑树下相会。

他们终于等到了夜晚，西丝比在夜色的掩护下逃出家里的庄园，她独自向郊外的树林走去。她虽然是从未在夜晚离家的千金小姐，但在黑路里走着却一点儿也不害怕，那是由于爱情的力量，她渴望着和匹勒姆斯相会，她完全忘记了恐惧。

很快地，西丝比就来到了墓地，站在长满雪白色浆果的桑树下，这一棵高大的桑树在夜色中是多么柔美，微风一吹，每一片树叶都仿佛是歌唱着一般。而月光里的桑葚果格外的洁白，如同天空中照耀的星星。西丝比看着桑果，温柔而充满信心地等待匹勒姆斯，因为就在那一天的清晨，他们曾在墙隙中相互起誓，不管多么困难，都要在桑树下相会，若不相见，至死不散。

正当西丝比沉醉在爱情的幻想里，她看到从很远的地方走来一只狮子，那只狮子显然刚刚狙杀了一只动物，下巴还挂着正在滴落的鲜血，它似乎要到不远处去饮泉水解渴。看到狮子，西丝比惊惶地逃走了，她走得太仓促，遗落了披在身上的斗篷。

喝完泉水的狮子要回去时路过桑树，看到落在地上犹温的斗篷，把它撕成粉碎，才大摇大摆地走入深林。

狮子走了才几分钟，匹勒姆斯来到桑树下，正为见不到西丝比而着急，转头却看见落了满地的斗篷碎片，上面还沾了斑斑血迹，地上还留着狮子清晰的脚印。他忍不住痛哭起来，因为他意识到西丝比已被凶猛的野兽所噬。他转而痛恨自己，因为他没有先她抵达，才使她丧失了性命，他依在桑树干上流泪，并且责备自己："是我杀了你！是我杀了你！"

他从地上拾起斗篷碎片，深情地吻着，他抬起头来望向满树的雪白浆果说："你将染上我的鲜血。"于是，他拔出剑来刺向自己的心窝，鲜血向上喷射，顿时把所有的浆果都染成血一样鲜红的颜色。

匹勒姆斯缓缓地倒在地上，脸上还挂着悔恨的泪珠，死去了。

逃到了远处的西丝比，她固然害怕狮子，却更怕失去爱人，就大着胆子冒险回到桑树下，站在树下时，她非常奇怪那些如星星般洁白闪耀的果子不见了。她惊疑地四下搜寻，发现地上有一堆黑影，定神一看，才知道是匹勒姆斯躺在血泊里。她扑上去搂抱他，亲吻他冰冷的嘴唇，声嘶力竭地说："醒来呀！亲爱的！是我呀，你的西丝比，你最亲爱的西丝比。"已经死去的匹勒姆斯的眼睛突然睁开，望了她一眼，眼中流泪、出血，又合了起来，这一次，死神完完全全把他带走了。

西丝比看见他手中滑落的剑，以及另一只手握着沾满血迹的斗篷碎片，心里就明白了发生过的事。

她流着泪说:“是你对我的挚爱杀了你,我也有为你而死的挚爱，在这个世界上，即使死神也没有力量把我们分开。”于是，她用那把还沾着爱人血迹的剑，刺进自己的心窝，鲜血喷射到已经被染红的桑葚上，桑果更鲜红了，红得犹如要滴出血来。

从那个时候开始，全世界的桑葚全部变成红色，仿佛是在纪念匹勒姆斯与西丝比的爱情，也成为真心相爱的人永恒的标志。

这是一个多么动人的爱情故事，原典出自希腊神话，我做了一些改写。

匹勒姆斯与西丝比的故事，可以说是“希腊悲剧”的原型，后来西方的许多悲剧，例如罗密欧与朱丽叶、维特与夏绿蒂等等，都是从这个原型发展出来的。虽然有无数的文学家用想象力与优美的文采丰富了许多爱情故事，但这原型的故事并未失去其动人的力量。

我在十八岁时第一次读《匹勒姆斯与西丝比》就深受感动。当时在乡下，我家的后院里就有两棵高大的桑树正结出红得像血一样的浆果,从窗子望出去,就浮现出匹勒姆斯和西丝比倒地的一幕,血，有如满天的雨，洒在桑葚上，给人一种格外苍凉的感觉。

我们当然知道，染血的桑葚无非是希腊古代文学家的幻想，可是桑葚也真的像血一样。桑葚可能是世界上最脆弱的水果，采的时候一定要小心翼翼，否则立即破皮流“血”。它几乎也很难带去市场出售，因为只要很短的时间，它的“血浆”就会自动流出。

桑葚是非常甜的水果，熟透的桑葚是接近紫色的，甜得像蜜一样。但我们通常难得等到它成为紫色，总是鲜红的时候就摘下来，洗净，拌一点儿糖，吃起来甜中微带着流动的酸味，那滋味应该像是匹勒姆斯和西丝比隔着围墙相望一般。

年幼的时候吃桑葚，并没有特别的印象，自从读了这一则神话，桑葚的生命就活了起来，红色的桑葚因此充满了爱与美、酸楚与苦痛的联想，那见证了爱之心灵不朽的桑葚，也给予我们对永恒之爱的向往。

可叹的是，爱的真实里，悲剧的原型仍然是最普遍的。在这样的悲剧里，巴比伦城郊外的那一棵桑树，除了见证了爱的不朽，还见证了什么呢？

可以说它是看到了因缘的无常。所有的爱情悲剧都是因缘的变迁和错失所造成的。它也没有一定的面目。在围墙的缝隙中，爱的心灵也可以茁壮长大，至于是不是结果，就要看在广大的桑树下有没有相会的因缘了。

一对情侣能不能在一起，往往要经过长久的考验，那考验有如一头凶猛的犹带着血迹的狮子，它不一定能伤害到爱情的本质，却往往使爱情走了岔路。

当我们看到西丝比到桑树下几分钟，狮子来了。狮子走了几分钟，匹勒姆斯来了。匹勒姆斯倒下几分钟，西丝比来了……这正是爱情因缘的“错谬性”，看到一步一步推进悲剧的深渊，即使是桑树也会为之泣血。

像匹勒姆斯与西丝比那样惨烈的经验可能是少见的，不过，一般人到了中年，如果回想自己遭遇的爱情悲剧，就有如发生在桑树下那神话一样的错谬，往往只要几分钟的时间，可能一个人的生命的历史就要重写。也许有人觉得不然，但一个人的被见离、被遗弃，往往是一念之间的事，比几分钟快得多，有一些悲剧的发生真是急如闪电的。

一位朋友向我描述一对恋人逃难的情况，男的最后一瞬间挤到火车顶上，正伸手要把女的拉上来，火车开了，俩人牵着的手硬生生被拉开，男的没有勇气跳下去，女的也上不来，车上车下掩面痛哭。我的朋友当年看到这样的场面，忍不住落泪。

这要怪谁呢？怪男的也不是，怪女的也不是。怪火车吗？谁叫他们不早一分钟到呢？怪时代吗？在最混乱的时代也有人团圆，在最安静的时代也有人仳离呀！要怪，只能怪无常，怪因缘。其实，千辛万苦热恋结合的伴侣，能够终生幸福的，又有几人呢？

如此说来，匹勒姆斯与西丝比当下的殉情倒还是幸福的，因为他们证明了不在错谬下屈服，要为爱情抗争到底，连死神都不能使他们分开，他们死时至少是心甘情愿的，充满了爱的。人死了，爱情不死，总比爱情死了，人还活着更有动人的质地。

在这个动人的传奇里，最使我震撼的不是匹勒姆斯或西丝比，而是那一棵桑树，桑树虽无情，却有永恒的怀抱，要让世人看见桑树时，知道人间有一些爱的心灵不死。

几天前，有人送我一盒桑葚，带着血色的，在夕阳下吃的时候，又使我想起在遥远的巴比伦城郊外，那一棵雪白浆果的桑树——“你将染满我的鲜血”，空中有一个声音这样说。

从此，世界上的桑树浆果全从白色变成红色，成为真心相爱的人永恒的标志。

岁月的灯火都睡了

前些日子在香港，朋友带我去游维多利亚公园，我们黄昏的时候坐缆车到维多利亚山上（香港人称其为太平山）。这个公园在香港生活中是一个异数，香港的万丈红尘声色犬马看了叫人头昏眼花，只有维多利亚山还保留了一点儿绿色的优雅的情趣。

我很喜欢上公园的铁轨缆车，在陡峭的山势上硬是开出一条路来，缆车很小，大概可以挤四十个人，缆车司机很悠闲地吹着口哨，使我想起小时候常常坐的运甘蔗的台糖小火车。

不同的是，台糖小火车恰恰碰碰，声音十分吵人，路过处又都是平畴绿野，铁轨平平地穿过原野。维多利亚山的缆车却是无声的，它安静地前行，山和屋舍纷纷往我们背后退去，一下子间，香港——甚至九龙——都已经远远地被抛在脚下了。

有趣的是，缆车道上奇峰突起，根本不知道下一刻会有什么样的视野。有时候视野平朗了，你以为下一站可以看得更远，下一站有时被一株大树挡住了，有时又遇到一座三十层高的大厦横生面前。一留心，才发现山上原来也不是什么蓬莱仙山，高楼大厦古堡别墅林立，香港的拥挤在这个山上也可以想见了。

缆车站是依山而建，缆车半路上停下来，就像倒吊悬挂一般，抬头固不见顶，回首也看不到起站的地方，我们便悬在山腰上，等待缆车司机慢慢启动。终于抵达了山顶，白云浓得要滴出水来，夕阳正悬在山的高处，这时看香港因为隔着山树，竟看出来一点儿都市的美了。

香港真是小，绕着维多利亚公园走一圈儿已经一览无遗，右侧由人群和高楼堆积起来的香港、九龙闹区，正像积木一样，一块连着一块，像一个梦幻的都城，你随便用手一推就会应声倒塌。左侧是海，归帆点点，岛与岛在天的远方。

香港商人的脑筋动得快，老早就在山顶上盖了大楼和汽车站；大楼叫“太平阁”，里面什么都有，书店、工艺品店、超级市场、西餐厅、茶楼等等，只是造型不甚协调。汽车站是绕着山上来的，想必比不上缆车那样有风情。

我们在“太平阁”吃晚餐，那是俯瞰香港最好的地势。我们坐着，眼看夕阳落进海的一方，并且看灯火在大楼的窗口一个个点燃，才一转眼，香港已经成为灯火辉煌的世界。我觉得，香港的白日是喧哗让人烦厌的，可是香港的夜景却是美得如同神话里的宫殿，尤其是隔着一脉山一汪水，它显得那般安静，好像只是点了明亮的灯火，而人都安息了。

我说我喜欢香港的夜景。朋友说：“因为你隔得远，有距离的美，你想想看，如果你是那一点点光亮的窗子里的人，就不美了。”他想了一下，说：“你安静地注视那些灯，有的亮，有的暗，有的亮过又暗了，有的暗了又亮起来，真是有点儿像人生的际遇呢！”

我们便坐在维多利亚山上看香港九龙的两岸灯火。那样看人被关在小小的灯窗里，人真是十分渺小的，可是人多少年来的努力竟是把自己从山野田园的广阔天地上关进一个狭小的窗子里，这样想时，我对现代文明的功能不免生出一种迷惑的感觉。

朋友还告诉我，香港人的墓地不是永久的，人死后八年便必须挖起来另葬他人，因为香港的人口实在太多了，多到必须和古人争寸土之地——这种人给人的挤迫感，只要走在香港街头看汹涌的人潮就体会深刻了。

我们就那样坐在山上看灯看到夜深，看到很多地区的灯灭去，但是另一地区的灯再亮起来——香港是一个不夜的城市，我们坐最后一班缆车下山。

下山的感觉也十分奇特，我们背着山势面对山尖，车子却是俯冲下山，山和铁轨于是顺着路一大片一大片露出来。我看不见车子前面的风景，却看见车子后面的风景一片一片地远去，本来短短的铁轨越来越长，终于长到看不见的远方，风从背后吹来，呼呼地响。

我想到，岁月就像那样，我们眼睁睁地看自己的往事在面前一点点淡去，而我们的前景反而在背后一滴一滴淡出，我们不知道下一站在何处落脚，甚至不知道后面的视野怎么样，只能走一步算一步。

往事再好，也像一道柔美的伤口，它美得凄迷，却每一段都是有伤口的。它最后连结成一条轨道，隐隐约约透露出一些规则来。社会和人不也一样吗？成与败都是可以在过去找到一些信息的。

我们到山下时，我抬头看维多利亚山，已经笼罩在月光之中。那一天，我在寄寓的香港酒店顶楼坐着，静静地沉默地俯望香港和九龙，一直到九龙尖沙咀的灯火和对岸香港天星码头的灯火都在凌晨的薄雾中暗去。我想起自己过去所经历的一些往事，我真切地感受到，当岁月的灯火都睡去的时候，有些往事仍鲜明得如同在记忆的显影液中，我们看它浮现出来，但毕竟是过去了。

生平一瓣香

你提到我们少年时代，常坐在淡水河口看夕阳斜落，然后月亮自水面冉冉上升的景况。你说："我们常边饮酒边赋歌，边看月亮从水面浮起，把月光与月影投射在河上，水的波浪常把月色拉长又挤扁，当时只是觉得有趣，甚至痴迷得醉了。没想到去国多年，有一次在密西西比河水中观月，与我们的年少时光相叠，故国山川真如水中之月、镜中之花，挤扁又拉长，最后连年轻的岁月也成为镜花水月了。"

这许多感怀，使你在密西西比河畔因而为之动容落泪，我读了以后也是心有戚戚。才是一转眼间，我们竟已度过几次爱情的水月镜花，也度过不少挤扁又拉长的人世浮嚣了。

还记否？当年我们在木栅的小木屋里临墙赋诗，我的木屋中四壁萧然，写满了朋友们题的字句，而门上匾额写的是一首《困龙吟》。有一次夜深了，我在小灯下读钱锺书的《谈艺录》，窗外月光正照在小湖上，远听蛙鸣，我把书里的两段话用毛笔写在墙上：

> 水月镜花，固可见而不可捉，然必有此水而后月可印潭，有此镜而后花可映面。

水与镜也，兴象风神，月与花也，必水澄镜朗，然后花月宛然。

那时我是相当穷困，住在两坪大、只有一个书桌的小屋，我唯一的财产是满屋的书以及爱情。可是我是富足的，当我推开窗子，一棵大榕树面窗而立，树下是植满了荷花的小湖。附近人家是那么亲善，有时候，我为了送女友一串风铃到处告贷，以书果腹，你带酒和琴来，看到我的窘状，在我的门口写下两句话：

月缺不改光，剑折不改刚。

我在醉酒之后也高歌："我醉欲眠君且去，明朝有意抱琴来。"那似乎是我们穷到只要有一杯酒、一卷书，就满足地觉得江山有待了。后来我还在穷得付不出房租的时候，跳窗离开那个木屋。

前些日子我路过，顺道转去看那一间我连一个月三百元房租都缴不起的木屋，木屋变成一幢高楼，大榕树魂魄不在，小湖也盖了一幢公寓，我站在那里怅望良久，竟然忘了自己身在何方，真像京戏《游园惊梦》里的人。

我于是想到世事如一场大梦，书香、酒魄、年轻的爱与梦想都离得远了，真的是镜花水月一场，空留余思。可是重要的是一种回应，如果那镜是清明，花即使谢了，也曾清楚地映照过；如果那水是澄朗，月即使沉落了，也曾明白地留下波光。水与镜似乎都是永恒的事物，明显如胸中的块垒，那么，花与月虽有开谢升沉，都是一种可贵的步迹。

我们都知道击石取火是祖先的故事，本来是两个没有生命的石头，一碰撞却生出火来，石中本来就有火种——再冷酷的事物也有它感性的一面——不断地敲击就有不断的火光，得火实在不难，难的是得了火后怎么使那微小的火种得以不灭。镜与花、水与月本来也不相干，然而它们一相遇就生出短暂的美，我们怎样才能使那美得以永存呢？

只好靠我们的心了。

就在我正写信给你的时候，突然浮起两句古诗："笼中剪羽，仰看百鸟之翔。侧畔沉舟，坐阅千帆之过。"爱与生的美和苦恼不就是这样吗？岁月的百鸟一只一只地从窗前飞过，生命的千帆一艘一艘地从眼中航去，许多飞航得远了，还有许多正从那些不可测知的角落里飞航过来。

记得从你初到康乃狄格不久，曾经为了想喝一碗掺柠檬水的爱玉冰不可得而泪下，曾经为了在朋友处听到《雨夜花》的歌声而胸中翻滚，那说穿了也是一种回应，一种掺和了乡愁和少年情怀的回应。

我知道，我再也不可能回到小木屋去住了，我更知道，我们都再也回不到小木屋那种充满了精纯的真情的岁月了。这时节，我们要把握的便不再是花与月，而是水与镜，只要保有清澄朗净的水镜之心，我们还会再有新开的花和初升的月亮。

有一首词我是背得烂熟了，是陈与义的《临江仙》：

忆昔午桥桥上饮，坐中多是豪英。长沟流月去无声，杏花疏影里，吹笛到天明。

二十余年如一梦，此身虽在堪惊。闲登小阁看新晴，古今多少事，渔唱起三更。

我一直觉得，在我们不可把握的尘世的运命中，我们不要管无情的背弃，我们不要管苦痛的创痕，只有维持一瓣香，在长夜的孤灯下，可以从陋室里的胸中散发出来，也就够了。

连石头都可以撞出火来，其他的还有什么可畏惧呢？

越来越亮的双眼

从前，在阿拉伯，有一位性情凶残的国王，他非常恨女人，每到了夜晚，都要杀死一个妃子来发泄他的愤恨。

国王身边的大臣都对国王感到忧心如焚，却也无法可想。当时的宰相有一位聪明非凡的女儿，她从父亲口中知道了这件事，决心要去救助那些无辜的宫妃，以及那位凶残的国王。

她征得了父亲的同意，自愿入宫做国王的妃子。

在宫中，她每天晚上都为国王讲故事，又故意不把故事说完，让国王悬念着故事的情节，无心去杀人。

这样，连续过了一千零一夜，凶残的国王终于有所感悟，从此停止杀人。少女不仅拯救了无数的宫女，也拯救了国王。

我很喜欢这个阿拉伯的传说，现在我们熟知的《天方夜谭》（《一千零一夜》）童话，就是那位聪明而仁慈的少女为国王讲的故事，这些故事最动人的有《阿拉丁与神灯》《辛巴达历险记》《阿里巴巴与四十大盗》《魔毯》《钻石少女》《飞天木马》等等。

我们仔细读这些故事，会发现它重复地为我们诉说，仁慈与真情的人最后会得到圆满；人应该点燃自己的神灯，做自己的主人，免得为恶灵所主宰；心灵是非常庞大的，可以无限地飞翔；最刺激的冒险最后也比不上身心的安顿，以及善有善报恶有恶报的因果关系等等。

《天方夜谭》的美丽传说，使我想起密宗也有一个类似故事，密宗的大护法嘛哈噶拉（Mahakala）原来是极为愤怒的神，他是黑色显现愤怒之相，他的红发如火竖立，传说他夜游人间，食人血肉，所到之处一定风雨大作，雷电交加，冰雹如石。观世音菩萨为了感化他，示现作为他的妻子，使他震动开悟，终于成为极有威力的护法神。

从类似的故事，使我们知道要拯救憎恨、愤怒，最有力量的是纯粹的悲心，在悲心的感召下，我们仿佛看见了阿拉伯国王和嘛哈噶拉那越来越亮的双眼。这双逐渐开出光芒的眼睛，一只是因于智慧，一只则是由于慈悲——我们可以这样说，智慧是慈悲之门，而慈悲是智慧之钥，两者是不可分离的。

在佛教，特别是禅宗，由于强调开悟、强调空，往往使人认为佛教是主智的宗教，像达摩祖师将传心作为禅的核心，并说心只能以禅定才能把握，这常使人误以为心是静止的。到了六祖慧能，为避免静止的理解，把禅的核心强调为“见性”，是“定慧一体”。

不管是“调心”或“见性”，都容易让人感觉禅的空性智慧里面没有“慈悲”的特质，这是非常可惜的。其实，禅里也讲“大用”、讲“圆满”,其中有无限的慈悲。如果没有这种“业响随声”的大悲,就会失去宗教体验的精髓,失去智慧的洞见,当然就失去了禅宗乃至佛教的精神了。

我们可以举赵州从谂禅师的几个例子,来看禅心中大悲的一面。

有僧问赵州:“像你这样的圣人,死后会到何处?”

赵州说:“老僧在汝众人之前入地狱!”

问的人感到十分震惊,说:“这如何可能?”

赵州毫不迟疑地说:“我若不入,阿谁等着救度汝等众人?”

——我们最赞叹地藏王菩萨入地狱的大悲行愿,赵州则表达了禅师的本愿与菩萨无异,他开启禅心完全没有自私自利的动机。

有婆子问赵州:“婆是五障之身,如何免得?”

赵州说:“愿一切人升天,愿我这婆婆永沉苦海。”

——禅宗与众生是同一不二,所以他具有菩萨“无缘大慈、同体大悲”的心情,他为了知悉众生的苦难,因此愿意比众生承受更大的苦难。

一日有僧访赵州,问:“久向赵州石桥,到来只见略约。”(略约,就是摇摇晃晃的意思。)

赵州说:“汝只见略约,且不见石桥。”

僧又问:“如何是石桥?”

赵州说:“度驴度马。”

——赵州寺院前的石桥是让驴马走过的,赵州把自己比作石桥,象征了修行者把全身心奉献给别人,尽管受驴马践踏,也毫无怨言。铃木大拙谈到这个公案曾有这样精到的评述:对赵州石桥来说,不仅驴马从上面经过,现在还包括重型卡车和火车等运输工具,它都愿永远荷载它们。即使它们滥用它,它依然悠游自得,不为任何骚乱所动。“第四步”的禅者正像这桥一样,他不会在左脸被打后再转过右脸去让人打,但他会为人类同胞的福祉默默地工作着。

有人问赵州:“佛是觉者,又是人天的导师,他是不是已免去一切烦恼?”

赵州说:“不,他有最大的烦恼!”

“这如何可能?”

赵州说:“他的大烦恼就是要救度一切众生!”

——佛是最究竟的圆满,也是禅者“见性成佛”“即心即佛”

的最上境界，可是在佛的最后并非一无所有，在佛之后还有众生，这说明了大悲植根于大智之中，而大悲也是大智最灿烂的花朵。

赵州的禅风如今还吹拂着我们，象征了真实的禅心是不能离开慈悲的，即使是涅槃之境，也有慈悲的本质。在无着菩萨的《摄大乘论》中曾把大乘的清净分为“离垢清净”和“本性清净”两个层面，离垢清净是舍迷求悟，是步向大智之路，而有了大智慧的人，当发现众生本性清净，而这种“始净”或“本净”里面本来就有慈悲。

所以，一个真正的“觉者”，一定是体验了无常与无我的人，认识了宇宙为缘起性空的无常，才能体现智慧；知悉了在无我空性中众生平等，就能有自然的慈悲。

对于修行者而言，“觉”不是一个终结，而是相对的开始，因而，佛或者禅所体验到的空，不是虚无的空，而是人和一切事物任运无碍的圆满。

空，是清净，是无碍的大智，也是圆融的大悲。

没有恶，就没有善；没有真空，就没有妙有。在宇宙万有中，一切看起来各自独立，其实是相互依赖的。当宰相的女儿去做阿拉伯王的妻子时，她是解救那无辜的宫妃，但这解救的根源是要开启国王的智慧与悲心，要解救善先拯救恶，这是多么值得深思呀！

禅宗里常把觉悟者称为“人天眼目”，是三界的眼睛，在这眼睛中智慧与慈悲是一对儿的，一个人走向开悟之路，是有着“越来越亮的双眼”，是净化眼目的开始，若偏向于智或悲，就会使眼睛蒙尘，使我们不知道此刻的生活便是永恒的显示，也会使我们忘记如果没有普遍解脱，自我的解脱便失去了意义。

真正的禅是具足的，它的本质是悟，真正的悟，是智在悲中，悲在智中，如雨之于水，不可分离。

不放逸的生活

我有两个少年时代因采访认识的朋友，最近，一个去世了，名字叫作古龙；一个生了重病，名字叫作北港六尺四。

记得古龙过世前不久，我去看他，他的形容枯槁，苍老得像七十岁的老头子，他那时为重病所困，全身已没有一个器官是健康的，当然，酒是一点儿也不能喝了。我们坐在日影西斜的暮色里，一起回忆着我们年轻的时候，那时为所谓的豪情所驱，每次会面一定是大醉狂歌而归，有时候一夜就喝掉十几瓶上好的白兰地。

大侠的挽歌

有一回，光是我们两个人对饮，一夜就喝掉六瓶 XO，喝到眼睛不能对焦了，人在酒台一仰身就睡昏了过去。想起来，那已是八年前的旧事，那年我二十三岁，古大侠四十岁。

谈到这些，古龙说："你小的时候酒量酒胆都是一流的，可惜我病成这样，否则真能再畅饮一番！"

我不知道说什么，俩人沉默了一阵。

古龙突然说:“其实，我很后悔以前过那么放纵的生活，尤其在酒色上面,荒唐得太久了。”我所认识的古龙,是向来不说丧气话、不表示悔意的，听他这样一说，反使我吃了一惊。他接着又说:“你以后要少喝酒呀！”

“我早就戒酒了。”我说。

古龙先是露出诧异的神色，那神色就像所有认识我的朋友听到我戒酒的消息一样，然后马上转为欣慰说:“酒不是什么好东西。”

其实，古龙的酒名之盛并不亚于他的武侠，在他的朋友里，我的酒量是排名在后面的，他的许多朋友都有把威士忌当白开水喝的本事，和他们喝酒，就像亲见到古龙小说中狂饮放歌的场面。

喝酒，使古龙付出了十分惨痛的代价。他的婚姻失败了，妻子远离，临终时竟没有亲人在身旁，含恨而去。他大部分的社会新闻都是因酒而起，在北投被砍杀的那一场，也是由于纵酒的关系。酒也使他昏沉，大部分时间沉迷醉乡，使他在最巅峰的时候，有很长一段时间没有作品，这是最可惜的。

从他劝我不要喝酒那一次以后，我没有再见过古龙，因为他遽然过世了，死时才四十八岁，死因完全是酒引起的。但是我想到他临死前劝我少喝酒的情状，知道那是朋友真正的善意，这种体会是他用生命的代价所换来的。

记得他病后在写《大武侠》系列，曾感慨地对着我说：“我只希望老天还能给我两年的时间，让我把《大武侠》系列告一个段落，流传下来，这样我死也瞑目了。”

可叹，老天连一年的时间也不给他。

他死后，他的朋友商议要用四十八瓶最好的轩尼诗 XO 给他陪葬，我真希望他在九泉之下不要跳了起来说：“我喝酒都喝死了，死了你们还叫我喝！”

他的朋友是一番善意，但是我们每个人劝人喝酒时何尝不是善意呢？只是善意放在酒中也变成杀人的毒汁了。

铁汉的悲剧

认识“北港六尺四”是多年前我在做报道文学的时候，那时对中国功夫很有兴趣，有一次路过北港，在妈祖庙前有一家北港六尺四开的药店，我就进去采访了这位从台湾乡间崛起的国术名家。

当时我看到的六尺四，神采奕奕，由于他的身形比一般人高大许多，感觉上壮得像一座山，最令我印象深刻的是他的手，张开手掌来就如同一张梧桐叶那样大，又宽又厚。

北港六尺四不只是身体棒，他的功夫也很了不起，他从小就随父亲练中国功夫，练了一身的气功，后来精通了太极拳、罗汉拳、鹤拳等拳术，二十几岁的时候，已经是北港地区有名的国术家。

他的本名叫陈政行，因为身高正好是六尺四，后来国术界的人就叫他“北港六尺四”，本名反而被遗忘。

六尺四最有名的功夫有三，一是汽车碾身，他可以躺着，让满载五十人的游览车从身上碾过而毫发不伤；二是单手抓人，他可以一只手抓起体重八十公斤的壮汉，向上撑起；三是钢筋抽身，他可以任凭拇指粗的建筑用钢筋抽打，一直打到钢筋弯折而皮肉无伤。以这样的功夫，恐怕在台湾也难得找到像他一样刚强的铁汉。

后来我每次路过北港，总会去看看他，发现六尺四虽然名闻天下，性格却是非常朴实的，他勤劳，有责任感，娶两个太太，为了维持两个家庭，终日在外奔波卖药。

他幼年失学，因此几乎没有别的嗜好，唯一的嗜好就是喝酒，他的酒量比古龙还好，他一次可以喝掉三大瓶的金门高粱，像花雕绍兴一次可以喝八瓶到十瓶，至于啤酒，那更不用说了，他把乡下一家小店所有的啤酒都喝光也不会醉。

这位功夫行家，性格非常谦虚温和，他酒品很好，喝了酒后不闹事。

去年十一月，北港六尺四病倒了，病因是脊椎骨腐蚀和高血压，造成这些病的原因，除了自恃身体强健劳累过度，就是过量地饮酒。

现在，北港六尺四，铁打的金刚正躺在病床上，脊椎用支架撑着，血压以药物控制，这位游览车轧不倒的人，却被黄汤灌倒了。

那些自以为身体奇棒无比，自以为年轻可以挥霍的人，放纵饮酒之时，请想想北港六尺四吧！他今年才四十八岁，是多么年轻有为，可是由于饮酒，枉费了二十几年时间才练出的武功。

饮酒三十六失

我每次想起这两位为酒所害的朋友，就想到佛经里对酒的看法，佛教把戒饮酒作为弟子的基本戒律之一，确实有极深刻的道理，在许多佛教的经典中都谈到了酒的危害，例如：

> 饮酒有六失：一者，失财；二者，生病；三者，闹事；四者，恶名流布；五者，恚怒暴生；六者，智慧日损。——《长阿含经》
>
> 酒为毒气，主成诸恶。王道毁，仁泽灭，臣慢上，忠敬朽。父失礼，母失慈，子凶逆，孝道败。夫失信，妇奢淫。九族诤，财产耗。亡国危身，无不由酒。——《八师经》

对酒患最深刻细密的解说，是佛陀在《分别善恶所起经》中说的。佛说："人于世间，喜饮酒醉，得三十六失。何等三十六失？一者，人饮酒醉，使子不敬父母，臣不敬君；君臣父子，无有上下。二者，语言多乱误者。三者，醉便两舌多口。四者，人有伏匿隐私之事，醉便道之。五者，醉便骂天溺社，不避忌讳。六者，醉便卧道中，不能复归，或亡所持什物。七者，醉便不能自正。八者，醉便低仰横行，或堕沟坑。九者，醉便蹇顿，复起破伤面目。十者，所卖买谬误妄触抵。十一者，醉便失事，不忧治生。十二者，所有财物耗减。十三者，醉便不念妻子饥寒。十四者，醉便欢骂不避王法。十五者，醉便解衣脱裈袴，裸形而走。十六者，醉便妄入人家中，牵人妇女，语言干乱，其过无状。十七者，人过其旁，欲与共斗。十八者，蹋地唤呼，惊动四邻。十九者，醉便妄杀虫豸。二十者，醉便挝捶舍中什物，破碎之。二十一者，醉便家室视之如醉囚，语言冲口而出。二十二者，朋当恶人。二十三者，疏远贤善。二十四者，醉卧觉时，身体如疾病。二十五者，醉便吐逆，如恶露出，妻子自憎其所状。二十六者，醉便意欲前荡，象狼无所避。二十七者，醉便不敬明经贤者，不敬道士，不敬沙门。二十八者，醉便淫泆，无所畏避。二十九者，醉便如狂人，人见之皆走。三十者，醉便好死人，无所复识知。三十一者，醉或得疱面，或得酒病，正萎黄熟。三十二者，天龙鬼神，皆以酒为恶。三十三者，亲厚知识日远之。三十四者，醉便蹲踞视长吏，或得鞭搒合两目。三十五者，万分之后，当入太山地狱，常销铜入口，焦腹中过下去；如是求生难得，求死难得，千万岁。三十六者，从地狱中来出，生为人常愚痴，无所识之。”

我第一次读完这饮酒的三十六失，当下吓得冷汗直冒，从此就再没有喝过一口酒了，原来喝酒而失去健康，甚至亡命，都算是轻微的事。

现在的医学早就证明酒对人身无益，但对它所生的危病并不详知，但是在两千多年前，伟大的佛陀已经明白地说出了这种危害，并且把它当成重要的戒律。

加速的燃烧

作为佛的弟子当然应戒酒，即使不是佛教徒，也应该明白酒的害处，而抑制之。

酒如此，生活的一切无不如此，过度的放逸总是有害的，一个过着正常生活的人，都是一日一日地在燃烧、在老化、在走往衰竭与死亡的道路，何况是放逸的人？放逸的生活是加速燃烧、加速老化、加速了衰竭与死亡的时间。

因此，选择过一个不放逸的生活在现代是多么的重要，因为现代人比古代的人更烦闷、更复杂、更苦痛，一旦不知节制，正如同焦热之油，烈火一点，瞬间便能燃尽。

《四十二章经》中的一段话实在是永恒的真理，值得人人记而诵之：

> 财色之于人，譬如小儿贪刀刃之蜜甜，不足一食之美，然有截舌之患也。

○ 肆

修心是一辈子的事儿

静静的鸢尾花

第一次看见梵高的《鸢尾花》使我的心中为之一震。梵高画过两幅鸢尾花，一幅是海蓝色的鸢尾花盛开在田野，背景是翠绿色，开了许多的橘黄色的菊花；另外一幅是在花瓶里，嫩黄色的背景前面的鸢尾花就变黑了，有一株竟已枯萎衰败，倒在花瓶边。

这两幅著名的《鸢尾花》，前者画于一八八九年的夏天，后者画于一八九〇年的五月，而梵高在两个月后的七月二十七日举枪自杀。

我之所以感到震惊，来自两个原因，一是画家如此强烈地在画里表现出他心境的转变，同样是鸢尾花，前者表现了春日的繁华，后者则是冬季的凋萎；一是鸢尾花又叫紫罗兰，一向给我们祥和、安宁、温馨的象征，在画家的笔下，却是流动而波涛汹涌。

我是在荷兰的阿姆斯特丹的梵高美术馆看见的那两幅《鸢尾花》，一幅是真迹，另一幅是复制品，看完后在阿姆斯特丹市立公园的喷水池旁，就看见了一大片鸢尾花，宝蓝而带着粉紫，是那么的美丽而柔美，叶片的线条笔之爽朗，使我很难以把真实的与画家笔下的鸢尾花合二为一，因为透过了梵高的心象，鸢尾花如同拔起的一只巨鸢，正用锐利的眼睛看着这波折苦难的人间。

坐在公园的铁椅上，我就想起了梵高与鸢尾花的名字，我想到“梵”如果改成“焚”字，就更加能够表达梵高那狂风暴雨一般的画风了。而鸢鸟呢？本来就是一种凶猛的禽类，它的头顶和喉部是白色，嘴是蓝色，身体是带紫的褐色，腹部是淡红色，尾巴则是黑褐色。如果用颜色与形貌来看，紫罗兰应该叫“鸢头花”，由于用这样的猛禽来形容，使得我们对鸢竟而有了一种和平与浪漫的联想。

在近代的艺术史上，许多艺术家都有争议之处，梵高是少数被认为“伟大的艺术家”而没有争议的。梵高也是不少学院的教授或民间的百姓都能感动的画家。我喜欢他早年的几幅作品，像《食薯者》《两位挖地的妇女》《拾穗的农妇》等等。都是一般的百姓看了也会流泪的作品，特别是一幅《小麦束》，全画都是金色，收割后的麦子累累地要落到地下来，真是美丽且充满了温馨。

我想，我们会喜欢梵高，乃是由于他对绘画那专注虔诚的态度，这种专注虔诚非凡人所能为；其次，是他内在那热烈狂飙的风格，是我们这些表面理性温和者所潜在的特质；其三，是他那种魄大而勇敢、近于赌注的线条，仿佛在呼唤我们一样。我觉得我还有一个更可配的理由，是在梵高的画里，我们只看见明朗的生命之爱，即使是他生命中最晦暗的时刻，他的画都展现欢腾的生命力，好像是要救赎世人一样。怪不得左拉曾说梵高是“基督再世”，这是对一个艺术家最大的赞美了。

我们再回到梵高的《鸢尾花》吧！他的一幅《鸢尾花》曾以

五千三百九十万美元拍卖，是全世界最贵的绘画，可见艺术心灵的价值是难以估算的。

我最近重读梵高写给弟弟西奥的全部书简，在心里作为对梵高逝世一百周年的纪念，表示我的崇敬之意。

我们来看他的两幅《鸢尾花》绘画时的背景，第一幅一八八九年的夏天，梵高写道："亲爱的西奥，但愿你能看到此刻的橄榄树丛！它的叶子像古银币，那一簇簇的银在蓝天和橙土的衬托下转化成绿，有时候真与你人在北方的所想大异其趣啊！它好似我们荷兰草原上的柳树或海岸上的橡树；它的飒飒风声里有一股神秘的滋味，像在倾诉远古的奥秘。它美得令人不敢提笔绘写，不能凭空想象。""这段时间，我尽可能做点儿事情，画了一些东西。手边有一张开粉红花的栗树夹道风景，一棵正在开花的小樱桃树，一株紫色的藤科植物，以及一条舞弄光影的公园小径。今儿整日炎热异常，这往往有益我身，我工作得更加起劲。"梵高喜欢他的《鸢尾花》，在一八九〇年七月他给他的弟弟的信中说过："我希望你将看出《鸢尾花》一画有何独到之处。"

一八九〇年五月，关于鸢尾花的画他写道："我以园中的草地为题材画了两幅画，其中一幅很简单，草地上有白色的花及蒲公英和一小株玫瑰。我刚完成一幅以黄绿为底色，插在一只绿色瓶子里的粉红花束；一幅背景呈淡绿的玫瑰花；两幅大束的紫色的鸢尾花，其中一束衬以粉红色为背景，由于绿、粉红与紫的结合，整个画面一派温柔和谐，另一幅则突立于惊人的柠檬黄之前，花瓶和瓶架呈另一种黄色调……"

读梵高的书简和看他的画一样令人感动。我们很难想象在画中狂热汹涌的梵高，他的信却是很好的文学作品，理性、温柔、条理清晰，并以坦诚的态度来面对自己的艺术与疾病。这一书简忠实地呈现了一个艺术家的创作历程与心理状态，是梵高除了绘画留下来的最动人的遗产。

梵高逝世前一年，他的作品巧合地选择了一些流动的事物，比如飘摇的麦田，凌空而至的群鸥，旋转诡异的星空，阴郁曲折的树林与花园。在这些变化极大的作品中，他画下了安静温柔和谐的鸢尾花，使我们看见了画家那沉默的内在之一角。

梵高逝世一百周年了，使我想起从前在阿姆斯特丹梵高美术馆参观的那一个午后，想起公园中那一片鸢尾花，想起他给弟弟留下的最后一句话:“在忧思中与你握别。”也想起他信中的两段感人的话:“一个人如果够勇敢的话，康复乃来自他内心的力量，来自他深刻忍受痛苦与死亡，来自他之抛弃个人意志和[illegible]己爱好。但这对我没有作用:我爱绘画，爱朋友和事物，爱一切使我们的生命变得不自然的东西。”“苦恼不该聚在我们的心头，犹如不该积在沼池一样。”

对于像梵高这样的艺术家，他承受巨大的生命苦恼与挫折，却把痛苦化为欢歌的力量、明媚的颜色，来抚慰许多苦难的心灵，怪不得左拉要说他是“基督再世”了。

翻译《梵高传》的余光中，曾经说到他译《梵高传》时生了一场大病，但是“在一个元气淋漓的生命里，在那个生命的苦难中，我忘了自己小小的烦忧”，“是借他人之大愁，消自家之小愁”。

我读《梵高传》和《梵高书简》时数度掩卷叹息，当梵高说：“我强烈地感到人的情形仿佛麦子，若不被播到土里，等待萌芽，便会被磨碎以制成面包！”诚然让我们感到生命有无限的悲情，但在悲情中有一种庄严之感！

菊花羹与桂花露

有一天到淡水去访友，一进门，朋友说院子里的五棵昙花在昨夜同时开了，说我来得不巧，没有能欣赏昙花盛放的美景。

“昙花呢？”我说。

朋友从冰箱里端出来一盘食物说：“昙花在这里。”我大吃一惊，因为昙花已经不见了，盘子里结了一层霜。

“这是我新发现的吃昙花的方法，把昙花和洋菜一起放在锅里熬，一直熬到全部溶化了，加冰糖，然后冷却，冰冻以后尤其美味，这叫作昙花冻，可以治气喘的。”

我们相对坐下吃昙花冻，果然其味芳香无比，颇为朋友的巧思绝倒，昙花原来竟是可以这样吃的！

朋友说：“昙花还可以生吃，等它盛放之际摘下来，蘸桂花露，可以清肝化火，是人间一绝，尤其昙花瓣香脆无比，没有几品可以及得上。”

“什么是桂花露？”我确实吓一跳。

“桂花露是秋天桂花开的时候，把园内的桂花全摘下来，放在瓶子里，当桂花装了半瓶之后，就用砂糖装满铺在上面。到春天的时候，瓶子里的桂花全溶化在糖水里，比蜂蜜还要清洌香甘，美其名曰‘桂花露’。”

“你倒是厉害，怎么发明出这么多食花的法儿？”我问他。

“其实也没什么，在山里往得久了，这都是附近邻居互相传授，听说他们已经吃了几代，去年桂花开的时候我就自己尝试，没想到一做就成，你刚刚吃的昙花冻里就是蘸了桂花露的。”

后来，我们聊天聊到中午，在朋友家吃饭，他在厨房忙了半天，端出来一大盘菜，他说：“这是菊花羹。”我探头一看，黄色的菊花瓣还像开在枝上一样新鲜，一瓣一瓣散在盘中，怪吓人的——他竟然把菊花和肉羹同煮了。

“一般肉羹都煮得太浊，我的菊花羹里以菊花代白菜，粉放得比较少，所以清澈可食，你尝尝看。”

我吃了一大碗菊花羹，好吃得舌头都要打结了，“你应该到台北市内开个铺子，叫作‘食花之店’，只要卖昙花冻、桂花露、菊花羹三样东西，春夏秋冬皆宜，包你赚大钱。”我说。

“我当然想过，可是哪来这么多花？菊花羹倒好办，昙花冻与桂花露就找不到材料了，何况台北市的花都是下了农药的，不比自家种，吃起来安心。”

然后我们谈到许多吃花的趣事，朋友有一套理论，他认为我们一般吃植物只吃它的根茎是不对的，因为花果才是植物的精华，果既然可以吃，花也当然可食，只是一般人舍不得吃它。“其实，万物皆平等，同出一源，植物的根茎也是美的，为什么我们吃它呢？再说如果我们不吃花，第二天、第三天它也自然地萎谢了，落入泥土和吃进腹中没有什么不同。

“我第一次吃花是在小学六年级的时候，那时和母亲坐计程车，有人来兜售玉兰花，我母亲买了两串，一串她自己别在身上，一串别在我身上，我想，玉兰花这样香一定很好吃，就把花瓣撕下来，一片一片地嚼起来，味道真是不错哩！母亲后来问我：‘你的花呢？’我说：‘吃掉了。’母亲把我骂一顿，从此以后看到什么花都想吃，自然学会了许多吃花的法子，有的是人教的，有的自己发明，反正是举一反三。”

“你吃过金针花没有？当然吃过，但是你吃的是煮汤的金针花，我吃过生的，细细地嚼能苦尽回甘，比煮了吃还好。”朋友说了一套吃花的经过。我忍不住问：“说不定有的花有毒哩？”他笑起来，说：“你知道花名以后查查字典，保证万无一失，有毒的字典里都会有。”

我频频点头，颇赞成他的看法，但是我想这一辈子我大概永远也不能放胆地吃花。突然想起一件旧事，有一次带一位从英国来的朋友上阳明山白云山庄喝兰花茶，侍者端来一壶茶，朋友好奇地掀开壶盖，发现壶中本来晒干的兰花经开水一泡，栩栩如生。英国朋友长叹一口气说："中国人真是无恶不作呀！"对于"吃花"这样的事，在外国人眼中确是不可思议，因为他们认为花有花神，怎可那样吃进腹中？我当时民族自尊心爆炸，赶紧说："吃花总比吃生牛肉、生马肉来得文明一点儿吧！"

可见每件事都可以从两面来看，吃花乍看之下是有些残忍，但是如果真有慧心，它何尝不是一件风雅的事呢？连中国人自认最能代表气节的竹子，不是都吃之无悔吗？同样是"四君子"的梅、兰、菊，吃起来又有什么罪过呢？

黄玫瑰的心

为了这绝望的爱情，我已经过了很长时间沮丧、疲倦、像行尸走肉的日子。

昨夜我从矿坑灾变中采访回来，因疼惜生命的脆弱与无助，躺在床上不能入睡。清晨，当第一道阳光照入，我决定为那已经奄奄一息的爱情做最后的努力。我想，第一件该做的事情是到我常去的花店买一束玫瑰花，要鹅黄色的，因为我的女友最喜欢黄色的玫瑰。

剃好胡子，勉强拍拍自己的胸膛说："振作起来。"想到昨天在矿坑灾变前那些沉默哀伤但坚强的面孔，就出门了。

往市场的花店走去，想到在一起五年的女朋友，竟为了一个其貌不扬、既没有情趣又没有才气的人而离开，而我又为这样的女人去买玫瑰花，既心痛、又心碎；既生气，又悲哀得想流泪。

到了花店，一桶桶美艳的、生气昂扬的花正迎着朝阳开放。找了半天，才找到放黄玫瑰的桶子，只剩下九朵，每一朵都垂头丧气。"真丧气，人在倒霉的时候，想买的花都垂头丧气的。"我在心里咒骂。

“老板！”我粗声地问，“还有没有黄玫瑰？”

老先生从屋里走出来，和气地说：“没有了，只剩下你看见的那几朵啦。”

“每朵的头都垂下来了，我怎么买？”

“噢，这个容易，你去市场里逛逛，半个小时后回来，我包给你一束新鲜的、有精神的黄玫瑰。”老板赔着笑，很有信心地说。

“好吧。”我心里虽然不信，但想到说不定他要向别的花店调，也就转进市场逛去了。心情沮丧时看见的市场简直是尸横遍野，那些被分解的动物尸体，使我更深刻地感受到了悲苦的世界；小贩刀俎的声音，使我的心更烦乱。

好不容易在市场里熬了半个小时，再转回花店时，老板已把一束元气淋漓的黄玫瑰用紫色的丝带包好了，放在玻璃柜上。我不敢相信自己的眼睛，我说：“这就是刚刚那些黄玫瑰吗？”——它们垂头丧气的样子还映在我的眼前。

“是呀，就是刚刚那些黄玫瑰。”老板还是笑眯眯地说。

“你是怎么做到的，刚刚明明已经谢了。”我听到自己发出惊奇的声音。

花店老板说:“这非常简单，刚刚这些玫瑰不是凋谢，只是缺水，我把它整株泡在水里，才二十分钟，它们全又挺起胸膛了。”

“缺水？你不是把它插在水桶里吗？怎么可能缺水呢？”

“少年仔，玫瑰花整株都需要水呀，泡在水桶里的是它的根茎，就好像人吃饭一样。但人不能光吃饭，人要用脑筋、有思想、有智慧，才能活得抬头挺胸。玫瑰花的花朵也需要水，但是剪下来后就很少有人注意它的头也需要水了，整株泡在水里，很快就恢复精神了。”

我听了非常感动，怔在当场：呀，原来人要活得抬头挺胸，需要更多的智慧，应当把干枯的头脑泡在冷静的智慧之水里。

当我告辞的时候，老板拍拍我的肩膀说:“少年仔，要振作呀！”这句话差点儿使我流着泪走回家，原来他早就看清我是一朵即将枯萎的黄玫瑰。

回到家，我放了一缸水，把自己整个人埋在水里，体会着一朵黄玫瑰的心，起来后通身舒泰，决定不把那束玫瑰送给离去的女友。

那一束黄玫瑰每天都会被我整株泡一下水，一星期以后才凋落花瓣，凋谢时是抬头挺胸凋谢的。

这是十几年前我写在笔记上的一件真实的事，从那一次以后，我就知道了一些买回来的花朵垂头丧气的秘密。最近找到这一段笔记，感触和当时一样深，更确实地体会到，人只要有细腻的心去体会万象万法，到处都有启发的智慧。一朵花里，就能看到宇宙的庄严，看到美，以及不屈服的意志。

有一位花贩告诉我，几乎所有的白花都很香，愈是颜色艳丽的花愈是缺乏芬芳。他的结论是:“人也是一样，愈朴素单纯的人，愈有内在的芳香。”

有一位花贩告诉我，夜来香其实白天也很香，但是很少人闻得到。他的结论是:“因为白天人的心太浮了，闻不到夜来香的香气，如果一个人白天的心也很沉静，就会发现夜来香、桂花、七里香，连酷热的中午也是香的。”

有一位花贩告诉我，清晨买莲花一定要挑那些盛开的。结论是:“早上是莲花开放最好的时间，如果一朵莲花早上不开，可能中午和晚上都不会开了。我们看人也是一样，一个人在年轻的时候没有志气，中年或晚年是很难有志气的。”

有一位花贩告诉我，愈是昂贵的花愈容易凋谢，那是为了要向买花的人说明:“要珍惜青春呀！因为青春是最名贵的花！”

有一位花贩告诉我……

让我们来体会这有情世界的一切展现吧，当我们有大觉的心，甚至体贴一朵黄玫瑰，以心印心，心心相印，我们就会知道，原来在最近最平凡的一切里，就有最深最奇葩的睿智呀！

花魂离枝

站在千千万万朵花的中间，我的心里突然升起一个冰冷的念头：“为什么闻不到花香？”

这个念头使我忍不住在花摊间来回巡狩，我确定了：这里没有花香，那里没有花香，处处都没有花香！

我感到无法言诠的清冷和寂寞，而我正站在台北最大的花市中，四周是一摊连着一摊的花铺，无数的玫瑰、桔梗、百合竟没有一丝花香，甚至没有一丝丝花的气息。

太可惊了！

过去的一年，我每个月都会和妻子到花市几次，买几盆当季的草花和几束玫瑰或桔梗的切花，来装饰我们的房子。由于我自己的轻忽，竟然没有注意到花香的问题，一直到今天，我仿佛被什么唤醒了，突然悟到：如果花失去了香气，就像失去了魂魄，实在太可怕了。

接着，我走到卖兰花的区域，把鼻子埋入一盆一盆的兰花，一无气息，整个卖兰花的商店顿时变成卖“兰花剪纸”的店铺，那不是兰花了，那是剪纸！

想起我在少年时代，曾随爱养兰的父亲在六龟山区寻找原生兰花的踪迹，那时找到的每一盆兰花都有沁人的花香。也听父亲提及，原住民有一些“猎兰高手”，他们常爬到树上“闻风”，在风里闻到几里外的兰花香，循香而往，就能找到奇花异草！

如今兰花香何处去？满园的兰花竟无一有香。

听种植兰花的农人说过，现在用试管、细胞繁殖兰花实在太简单了，以前价值千万的达摩兰，现在一株只要一百元。现在的达摩兰和以前的一模一样，唯一不同的是，现在的达摩兰不会香了。

那就像坐在少林寺前面壁的印度大师，失去了人格的芳香，只剩下沉默的人形立牌了。

不止是切花，再往旁边卖盆栽的摊子逛逛，会发现玉兰、茉莉、含笑，虽然盛开，香也褪淡了。九层塔、紫苏、薄荷、薰衣草，只有剩下叶子，用力搓揉，才能勉强挤出一点点香味。

对于花市中的花卉，失去了一切的香，使我感到骇然。我们在千万朵玫瑰花中散步，闻到的花香竟然不及在百货公司的香水铺子试喷一滴香水！我们走过号称史上最大的台北花博，闻到的花香竟然完全穿不过人和人推挤的汗臭！

香失而求诸野！我想到不久前到汐止的五指山访友，在车里竟闻到浓郁的花香，把车窗打开，花香一波一波袭人，香气逼着我们下车，就像原住民猎兰的人循着香气前行，最后走到一大片柚子林中。柚子花正在含苞和盛放，那香气太惊人，满天飞舞的蜜蜂与蝴蝶正和我们一起分享这春日的繁华。原来花香可以是这样，不是进入我们的鼻子，而是渗入我们的毛孔，我们生命中那些无法言说的苦恼，也从毛孔中被清洗了。

后来，我们在路边买了一罐“手工野蜂蜜”，一打开，全是柚子花香，蜜蜂用巧手把花香凝结而珍藏了。

如果循着柚子花香，我就可以找到童年时代的柠檬园和槟榔林。柠檬花和槟榔花开的香气，远远超过人的想象，前者清冽，后者冷艳，让人仿佛置身于佛经所说的“香水大海”，如果有热气旋，我们就能乘着万香的翅膀，飞向如来的国度。

自然的花香为什么在现代失去了？

谁曾在花市看过一只蜂和一只蝶呢？

谁能在花市的万花丛中闻到花香呢？

花香的失去是不是正在隐喻我们失去了自然的原貌呢？

兰花快速地在试管中繁殖，一直到开花前都没有亲近过土地，未曾受到雨露光电的洗礼，只在最后开花时，被匆匆塞进塑料盆里，它根本不知道自己是有香气的植物，它也不需要用花香来引诱蜂蝶授粉，又如何会有香气呢？

玫瑰是不断地剪枝插枝，它虽然勉强地生存，又加上许多化肥来哺育，所以很快地开花了。但现代的玫瑰盆栽，开完花就枯了，拔出来一看，连根都没有长全，更不用说深入地里了！无根的玫瑰又如何会有香气呢？

其他的花不也是这样吗？种花的人种的不是花，种花的人种的是钞票。对花而言，香气是要紧的！对钞票，需要什么香气呢？

失去了香气的花是如此骇人！还有更骇人的，你去过花博吗？眼见那满坑满谷抢着入园的人，几人亲近过土地、几人受过风雨？又有几人从心里开出人格的馨香？

菩萨坐在莲花上最大的理由，不止是出污泥而不染，而是菩萨的心与莲花的心都有非凡的芬芳。

可憾的是，在现代，连莲花都不香了！

盛夏的凤凰花

返回故乡旗山小住，特别到我曾就读的旗山中学去，看看这曾孕育我、使我生起作家之梦的地方。

旗山中学现在已经改名为旗山国中，整个建筑和规模还是二十几年前的样子，只是校舍显得更老旧，而种在学校里的莲雾树、椰子树、凤凰树长得比以前高大了。

学校外面变化比较大，原本围绕着校区的是郁郁苍苍的香蕉树，现在已经一株不剩了，完全被贩厝与别墅所占据，篮球场边则盖了一排四层楼的建筑。原本在校园外围的槟榔树也被铲除了，长着光秃秃的野草，附近的人告诉我，那些都是被废耕的土地，还有几块是建筑用地，马上就要动工了。

看到学校附近的绿树大量减少，使我感到失落，幸好在司令台附近几棵高大的凤凰树还是老样子，盛开着蝴蝶一样的红花，满地的落英。

我在中学的记忆，最深的就是这几棵凤凰树，听说它们是我尚未出生时就这样高大了。从前，每天放学的时候，我会到学校的角落去拉单杠，如果有伴儿，就去打篮球，打累了我便跑到凤凰树下，靠着树，坐在绿得要滴出油的草地上休息。

坐在那里的时候，不知道为什么会有一个内在的声音在呼唤着，将来长大要当作家，或者诗人；如果当不成，就做画家；再做不成，就做电影导演；再不成，最后一个志愿是去当记者。我想，这些志愿在二三十年前的乡下学生里是很不寻常的，原因在于我是那么喜欢写作、画画和看电影，至于记者，是因为可以跑来跑去，对于初中时没有离开过家乡的我，有很强大的吸引力。

在当时，我的父亲根本还不知道人可以靠写文章、绘画、拍电影来生活。他希望我们好好读书，以便能不再依赖农耕生活，他认为我们的理想职业，是将来回到乡下教书，或做邮局、电信局的职员，当然能在农会或合作社、青果社上班也很好，至于像医生、商人那种很赚钱的行业，他根本不存幻想，他觉得我们不是那种根器。

对于我每天的写作、绘画，赶着到旗山戏院或仙堂戏院去捡戏尾仔的行径，他很不赞成，不过他的农地够他忙了，也没有时间管我。

我那时候常把喜欢的作家或诗人的作品密密麻麻地写在桌子上，有一回被老师发现，还以为我是为了作弊，后来才发现那上面有郑愁予、周梦蝶、余光中、洛夫、司马中原、梦戈、痖弦、朱西宁、萧白、罗兰等名字。当然我做梦也没想到二十年后，会一一和这些作家相识，大部分还成为朋友。

为了当作家，我每天去找书来看，到图书馆借阅世界名著，一段一段重抄里面感人与精彩的章节，那样渴望着进入创作心灵，使我感受到生命的深刻与开展；有时读到感人的作品，会开心大笑或黯然流泪，因此我在读中学的时候便是师友眼中哭笑无端的人。我也常常想着:如果有一天能够写作,不知道是幸福得何等的事,当然，后来真的从事写作，体会到写作的不易是很多年以后的事了。

坐在盛开的凤凰树下所产生的梦想，有一些实现了，像我后来去读电影，是由于对导演的梦从未忘却；有近十年的时间专心于绘画，则是对美术追求的愿望；做了十年的新闻工作，完成了到处去旅行探访的心愿；也由于这些累积，我一步一步地走向写作之路。

关于做一个作家，我最感谢的是父母亲，他们从未对我苛求，使我保有了更大的想象空间，也特别感谢我的大姐，当时她在大学中文系读书，寒暑假带回来的文学书籍，便是我的启蒙老师。

在凤凰树下，我想着这些少年的往事，然后我站在升旗台往下俯望，仿佛也看见了我从前升旗所站的位子，世界原是如此辽阔，多情而动人；心灵则是深邃、广大，有无限的空间。对一位生在乡下的平凡少年，光是这样想，就好像装了两只强劲的翅膀。

眼前这宁静的校园是我的母校呀！当我们想到母校，某些爱、关怀，还有属于凤凰花的意象就触动我们，好像想到我们的母亲。

丛林的迷思

我很喜欢佛教里把“道场”称为“丛林”，听说这丛林的称呼是来自《大智度论》，意思是和合的僧众居住在一起，好像树木聚集的丛林那样天然、无为，其中自有规矩法度，草木不会胡乱生长。

唐宋时代，丛林极一时之盛，有的多达数千人聚集，各司其职，在空闲的时候则自在林边泽下，思维、参究、悟道，百丈禅师为了管理丛林，创制了《百丈丛林清规》，这可以说中国在管理学上的巨著，可惜后来失传了，只留下法度，而佚失了著作。

《百丈丛林清规》最主要的精神是“一日不作，一日不食”，是说生活在丛林的人不可不参与作务，每个人都要有奉献的义务，才有资格吃饭。

百丈怀海禅师不只是制度的建立者，也是实践者。有一个动人的故事，是说他到了九十岁，弟子看到师父年老，不忍心让他再到田里工作，又不敢去劝师父，只好把他的锄头藏起来，找不到锄头的百丈虽然不下田，但是也不吃饭，他绝食三日，弟子劝请他吃饭，他说：“我不是规定过，一日不作一日不食吗？”弟子只好再把锄头还给他，传说百丈活到九十六岁，工作到临终前的最后一天。

百丈禅师为什么规定“一日不作，一日不食”，而不规定“一日不坐，一日不食”或“一日不思，一日不食”呢？除了是要让人人奉献心力之外，是在表达唯有在实践中所得到的体验才是真实的体验；真正的智者不是从空想来的。那在丛林中参天的巨树，哪一棵不是历经风雨而长成的呢？

从前在乡下，我的父亲经营林场，我每次走入林场都会莫名地感动，看到茂林中的树木，自己形成生长的间距，而不失其法度，互相也无碍于对方的生长，让我们知道大自然的本身就有规矩与方圆。想到台湾话说：“一枝草，一点露；一个人，一片天。”其中有深意在焉。

人如果是一棵树，我们至少应该有所期待，期待每个人终有成为栋梁的一天。

人如果是一棵树，我们至少应该有所立志，愿每个人都能向天拔高。

人如果是一棵树，我们至少应该有所容忍，容忍别人也有生长的空间。

树与树间要互相挡风雨，人与人之间要相濡以沫，因为孤树容易在风雨中摧折，也易被闪电击中；霸道自高的人则容易骄狂，失去真情的心。

我们穿的衣服是织工缝制的，我们吃的饭是农夫种的，我们住的房子是建筑工人盖的，就是我正在写的这一张纸，也不是轻易得来。这样一想，人生于天地之间，免不了与其他的人发生关系，因此，我们所做的，不管是采桑搓麻的小事或是经世立民的事业，都只是在尽一个人的本分，都像是一枝草上的一滴露水，实在没有什么可以骄人的。

这种如丛林一样的关系，中国的思想家早就说得很清楚了，像："善御者不忘其马，善射者不忘其弓，善为上者不忘其下。"（《韩诗外传》）"政如农功，日夜思之，思其始而成其终，朝夕而行之。行无越思，如农之有畔，其过鲜矣！"（《左传》）"商不得通有无以利农，则农病；农不得力本穑以资商，则商病。"（张居正）

在我们的丛林里，只要有一棵树病了、倒了，一棵树燃烧了、长歪了，整个社会就要付出很大的代价，最好是在自己力行"一日不作，一日不食"，在社会则有"人人安康，户户平安"的期许，才是自然的好事。

有一首流行歌说"留一点儿自己给自己"，但居住于水泥丛林的我们，关系比古代丛林更密切得多，是不是也愿意"留一点儿自己给别人"，或"留一点儿别人给别人"呢？

我愿为草而有露，也愿草草皆有露；我愿为人而有天，也愿人人头顶一片天！

珍惜眼前这一刻

很多修行的人无法体验也无法实践“活在此时此刻”。原因是他们陷入过去与未来里，造成生活的混乱。

过去与未来，是不可把握的，此刻才是最重要的。过了这一刻，不知道是否还会有下一刻。依照无常的观点，这一刻过了，很可能没有下一刻。对无常要有非常深切、深入骨髓那样的体验，才可以活在此时此刻。

有一个元晓大师说：“尽一切的努力，都不能阻止一朵花的凋谢。”这句话帮助我们更深刻地体验无常。

我们的生命跟玫瑰花是一模一样的，尽一切的努力，也不能阻止生命不断地凋谢呀！

生命的凋谢很容易体验。近几年我就感觉身体不如以前。年轻的时候可以七天七夜不睡觉，还活着；现在三天三夜不睡觉就死定了。人的身体不断在凋谢，每天看自己，都比昨天老了一点儿，不知道自己会活到哪一刻，甚至不知道会不会有下一刻。因为不知道，所以要珍惜眼前的这一刻，要活在眼前的这一刻。

如何活在眼前的这一刻？

以禅宗的方法，就是“一心一境”——一个心，一个境界。

很多人做功课的时候念佛，走路也念佛，吃饭也念佛，甚至上厕所也念佛。我很想问他们：“这样念佛，你还知不知道吃饭是什么味道？知不知道喝茶是什么味道？”知道的人是境界高超的，寻常人就不行，因为这样做会造成一心好几境。

一面吃饭一面念佛，念到“食而不知其味”，是一心一境。可惜通常一面吃饭一面念佛的人，佛没有念好，饭也没有吃好，这就是一心产生两个境界，或者一个境界两个心。在佛堂里做功课，一面叩叩叩，一面担心饭烧焦了，这是一个境界两个心。

一心二境或一境二心，是永远无法活在此时此刻的。

吃饭的时候不是不可以念佛，而是只有融入生命的此刻，才可以融入念佛的此刻。

如果你吃饭却不能品尝饭的味道，又如何品尝得出净土的味道呢？净土那么广大，那么奥妙。你连饭的味道都不能品味了，如何品味净土呢？

如果你从不听音乐，到了净土你会听得懂音乐吗？

如果你从不去认识这个世界的花，到了满天花雨的净土，你如何欣赏天空飘的是什么花呢？

如果你对生命的清净没有深刻的体验，你如何知道你会不会去净土或是在不在净土呢？

这样一想，满头大汗。

此刻、此时的体验是非常重要的。

自宋朝以降，许多大德提倡修净土的人要兼修禅，修禅的人要兼修净土，禅净双修，是为了不偏离我们航行的轨道，不要厌离这个世间。禅宗是非常注重今生的，在禅宗的观点里根本没有“将来的时刻”，每一个时刻都是最重要的，每一个时刻联合起来，就是将来的时刻，而现在的每一个时刻就是过去时刻的累积。掌握了此刻的意义，从前的一切都变得有意义；要想“将来”有意义，也就是要掌握此刻的意义。

在我们讲一句话的时候，此刻已经溜走。

溜走在眼前的、在指缝里的、在发梢的、在吹过来的空气的风里的每一个时刻，你是不是都见到了？如果你可以见到，那么我可以肯定你坐下来念佛的时候，每一句佛号都是非常清楚、非常庄严的，跟净土是没有两样的。

要活在生命的此刻！

不管你是几岁，五岁还是八十岁，请珍惜你的此刻。因为此刻一过去了，就没有什么话可说了。

有一次我在一家咖啡厅遇到以前离开我的一个女朋友，我曾经对她非常怀恨，在经过许多年后不小心遇到了，我说：“啊，一起喝一杯咖啡吧！”喝着咖啡，谈到以前分手的情形，她说：“当初在我要离开你的时候，如果你跟我说一句‘求求你不要离开我’，我就会留下来。”我说：“你怎么不早说呢？现在说还有什么用？事情都过去快二十年了。”

当时没有讲，没有做，过了，就没有了。

生命就是这样。你好喜欢这个人，你要和他结善缘，但是你当时没有停下脚步，你们错身而过，这一辈子可能就永远错过了。

有一天我又遇到另一个从前的女朋友，她说：“哎呀，没想到你现在过得这么好，早知如此当初就嫁给你。”我说：“如果当初你嫁给我，我现在可能就不会这么好了。”确实如此，每一刻有每一刻的真实，每一刻有每一刻的实相，每一刻有每一刻的有与空。这一刻就是空有具足的，这一刻就是善恶具足的，这一刻就是一切具足的。所以弘一大师死前留下的最后四个字是——“悲欣交集”。如果你能看到那非常真实的一刻，每一刻都是悲欣交集的。

令人遗憾的是，很多人学佛学到后来会痛苦、束缚、不自在，原因就是不能活在眼前的此刻，不能活在当下，不能看脚下。因为不能看脚下，所以活在未来与过去。

冷月钟笛

月色是一把寒刀，森森闪着冷芒。

有时候，月色的善良温和像一个婉致的少女，而如今，我坐在荒凉而空茫的城垛上，独零零地坐着，月色便仿佛一个老年的海盗，虽退守到砖墙的角落，他的眼睛犹青青地闪着光，手里还握着年轻时砍钝了的水手刀。

那把水手刀，长久以来在草地上四处游动，把我的胸腹剖开。冷漠的月色夹着古旧的城池猛然涌进我的胸臆，这时即使我静坐着，也不如月亮刚升起时那么安稳了。

已经很夜很夜了，晚雾从地底慢慢地蒸腾上来，渐渐把树、砖墙、古炮，最后把坐在城上最高处的我也吞没了。

来这个城要经过一个渡津，因为它被三面的海温柔地拥抱着。展延到远方的柏油公路在渡津口戛然而止。

我没有赶上最后一班轮渡，我到时，汽轮船刚刚开出港埠。我只好沿着海河的岸边漫步，看汽轮船打起美丽的碎花，细缀的观光客笑声也在水面上流动着。

戴斗笠、穿汗衫，瘦削的一位老人，斜倚在油加利树下，眯一只眼睛看我从街头走过来,“坐船？”他的声音低沉得像闷着的鼾声。

“渡船已经走了，最后一班。”

“我这里还有一班，坐我的吧！”老人一跃而起，身体却异常的矫健。然后我看到河边静静地靠着一条小小的竹筏，漆成黄而略土的颜色。老人熟练地把系在岸边的船绳解下来，船轻缓地晃动，我跨上船，老人摇着粗重的橹桨，让竹筏往对岸漂去。

“我在这里划了十几年船，我就不知道那里的城墙有什么好看，四四方方围成一圈，连个避太阳的地方都没有。”

老人叫翟羽佳，本来在这条海河上撑渡筏是他的独家生意，后来市政府在这里设了公共渡轮,要劝导老人转业,老人死也不肯,说:“我就是喜欢在这里撑渡船。”

竹筏抵岸边，老人说:“你回程时在岸边叫一声，我的船就过来了。”想一想又说:“料不准你会爱那里的月色，许多年轻人晚上都舍不得回来坐船。”然后，老人孤单地撑他的竹筏回去，在晚天揉红的明媚中，老人在河上的投影，是一抹伤悲的褐色。

远远地看见城墙了。夕阳正好垂挂在护城树的树头上，夕阳的橘，晚天的红，树的郁绿，交杂着城墙暗淡的砖色，成为一幅很有中国风情的剪纸画。

迎头，是沈葆桢的半身铜像，刻写着他在台湾海防史上的不朽证言。在日本侵略台湾的危急关头，他以一年零十一个月的短时间，建造了这个“使海口不得停泊兵船，而郡城可守”的城池，这个城与炮台，便成为今天台湾仅存的历史炮台了。

在月色下看沈葆桢铜像，明暗曲折，竟可以从线条中体会出他的识见与毅力，那是无可取代的威状与魄大了。我想到，我们永远无法仰见这些壮士的面容，但是我们随时可以见到他们的重现。我们走入民间，到处都有关云长的画像，浓正的长眉、丹凤的亮眼、紫红色的面孔、写在脸上不可侵犯的正气，如果我们把关公的五绺长髯去掉，相信就是壮士们的写生了。他们用生命的狂歌，为中国人的历史写下“忠义”二字。

月色下的沈葆桢也有一股关云长的神气浮凸出来。事实上，他们的形体并不是最重要的，即使不为他塑像，后人如我，也能体会到他们与强权抗拒时的虎目含威。

在壮魄而虎吼有声的中国历史长河中，天地英雄气，千秋尚凛然，所有的英豪杰士都把自我的形体投入这条河里，即令碎成肉泥，也没有一声悲叹。他们的骨灰即使在胡雨夷风中也会散放着不朽的芳香。

因此，沈葆桢死了，他的城池留下来了，但是这座坚甲厚壁的城池纵大纵深，也比不过他生命中无可更变的城池。

我一个人独坐在城垛上，眼见星辉掩映下的城池、古炮，以及闪着夏虫与波光的护城河，竟久久不忍离去。我感觉，我是愈入夜愈坐到沈葆桢波沸万顷的胸腹之中了。在宁静的长夜，我们或者最能窥见前人的胸怀吧！

月色你看久了，它洒在轻轻浅浅高高低低的景物上，仿佛响亮着断断续续的钟声，那不是月了，那是一口钟。

月的微光你看久了，它在空中长长短短地散步。好像丝丝长鸣的笛声，那不是月了，那是一管笛。

月亮的钟笛，千百年来就这样敲撞吹奏，让那些有威猛气概的豪雄壮士可以和声地在历史上唱歌。这些歌，词句已经褪淡了，曲谱仍在。在另一个冷月如刀的夜晚，还要被以后的人唱起来。

浮天沧海远，万里眼中明，历史的歌声和月亮的钟笛慢慢地沉落。我坐着的城垛下方写着“亿载金城”四字，却在清晨第一道曦光中渐渐鲜明。

人间山水

每次到民权东路的殡仪馆去送葬，走出来后我总会忧伤地看看天空，深深地吸一口气，虽然台北的空气并不干净，却使我觉得人能够深深地呼吸是值得欣慰的。

然后，我会慢慢地散步，或者走到附近的亚都饭店，在充满十八世纪欧洲风格的咖啡厅喝杯热咖啡。我总是想："好好地喝这一杯咖啡吧！百年以后我们都不会在这世界上了。"当然，依照轮回的观念，或许我们将来还可以深呼吸，可以看天色，可以喝到一杯上好的咖啡，可是百年之后的事谁知道？谁有把握呢？

喝完咖啡走出来，我就会想：好好地来迎接每一个今日吧！时间是多么的珍贵。真诚一点儿地对待我们的亲人和朋友吧！百年后我们就再没有机会说出心里的话。用一种清明与欢喜的心情来看看路边的树与天上的星空吧！有一天我们就会看不见了。

这世界上有许多事看起来遥远，事实上不远。就以民权东路来说吧，有荣星花园，因为风景优美，时常成为新婚夫妻拍结婚照的地方；再往前一点儿有恩主公庙，是许多人来求子嗣、求财富、祈求今生福报的地方；再往前走一点儿，则是市立殡仪馆了。这样子走一趟也不过是十几分钟的时间，每天都有人在生老病死，距离是多么的近。

在所有的宗教与法门中，都在启发我们对来生的追求，希望找到一条永恒的道路。可是来生与永恒是藏在我们这一期生命停止以后才开始的，谁能真切地把握它呢？这使我体会到禅师说“看脚下！”“当下！”是有多么慈悯与透彻的观点。所谓“过去心不可得，现在心不可得，未来心不可得”，若不能正视眼前的现实，来生如何可得？

纵使是净土行者最重视往生，也还知道“不可以少善根福德，得生彼国”。善根福德就是此时此地的培植与承当。记得有人曾经问一个禅师说：“要如何保持临终的正念，收到助念的功效而往生极乐世界？”禅师回答说：“就是从现在开始正念，从现在开始为自己助念！”这是净土的修行，却是禅的风格，唯有珍惜现在，才是热爱生命的人最好的实践；只有现在被珍惜了，过去的回忆才会得到证明，未来的梦想才能实现。

饱食终日地思考“生命从何而来，死后要到何处”，对实际人生有何意义？现代的人往往忙得连早餐都忘记吃，常常烦恼到夜里为之失眠，都是对过去与未来有太多设想的缘故。因此，好好地活在现前的这一刹那，这是人最真实的生活。

我喜欢一休禅师的故事：有一天，一休路过一个沙滩，有几名渔夫前来央求他为一个死去的渔夫超度，原来是有一名渔夫去世，想要埋骨于附近的寺庙，依寺庙规定要十五两黄金才够，渔夫因为家贫只好举行水葬。

一休禅师很爽快地答应，他把渔夫的尸体搬到小舟上，将小舟驶到海上，大声地说："海底的鳞屑等水族，请洗耳聆听：本渔夫只要一息尚存，就要猎捕尔等的亲友，以养活妻小，延续露水般的生命，如今我阳寿已尽，我将把尸体沉入海底，此乃尔等为伙伴们报仇的良机，请吃我的尸骸吧！这就是吃或被吃的真正佛道。啨！"然后把尸骸扑通丢入海中。在返回岸上的时候，一休禅师说道："荒年时，把瓜子、茄子与淀川之水，直接地当作供品。"

一休禅师死于八十八岁，临终的遗言是："朦朦三十年，淡淡三十年，朦朦淡淡六十年，临终时把粪拿出来献给梵天！"

人间的山水原就是这样美好，在我们梦想的国度中或者有更好的山水，可是如果我们连人间的好山水都不能认识，没有慧眼去看，极乐世界的好山水，如何去认识呢？

生命是苦难的，这是每一个稍有觉性的人都能体验的，可是看看海里的珍珠贝吧！珍珠贝在受伤的时候，会在受伤的地方逐渐形成美丽的珍珠。有珍珠贝的特质的人，在人生里受伤，往往能看见现世的虚幻，窥见生命深处的本质，这时，美丽的珍珠便会成形。心里的重创对有珍珠贝之质的人，反而能塑成最美的珍珠。

逃离生命的苦难乃不是禅者的要务，禅者的要务是使自己具有珍珠贝之质。

珍珠贝之质，就是保有清明的心性，在无事的时候，张开闭紧的壳，自在、舒放、自然地正视此刻的生命；而在创伤的时候，用柔软的心情来包扎伤口，塑造怀里那因苦痛与烦恼而形成的珍珠。

喝完咖啡，再次走过殡仪馆，心里便充满了祝愿，祝愿亡者能到更好的地方，祝愿未亡的人珍视今日的启发，成为有珍珠贝之质的人。这样想，忧伤便放下了，脚下虎虎生风，觉得能坦然迎接此刻的阳光。

今夕，何夕

几年前，在电视上看到一位年华老去、身躯肥胖的老牌歌星，以一种特别沙哑而沧桑的声音，唱起她年轻时唱红的一首歌：

啊……
今夕何夕
云淡星稀
夜色真美丽
只有我和你　我和你
才逃出了黑暗
黑暗又紧紧地跟着你
啊……
今夕何夕
溪水流夜风急
只有我和你　我和你
患难相依

这首歌的词意很简单，没有什么特别，可是看见一位祖母级的歌星越过了三十年时光，还回头唱这首歌，就格外感到了人生怆然的悲情。对我们而言，《今夕何夕》里有着浪漫的联想，可是对一位曾红遍半边天的歌星而言，问起“今天是哪一天？今晚是哪一晚”时，恐怕都要为之心碎吧！

由于这种悲情，《今夕何夕》到现在还到处流行着，后来有一位年轻美丽的歌星另外唱红了一首《今夕是何夕》的歌，歌词比前者还要令人怀想：

> 告诉我今夕是何夕？告诉我此处是何处？
> 飘零的身影该向何方？彷徨的心无所归依。
> 天注定让我遇见你，却为何又遥不可及？纵然是将你拥入怀里，也知道相依只是瞬息。
> 如蜡炬的烧尽自己，如灯蛾的扑向火去，今后将在水里火里，放不下的也只有你，虽然相会，永远无期。
> 如秋云的随风飘逝，如玉石的沉落海底，今后不止千里万里，见我也只有在梦里，长恨悠悠，无尽期。

这首歌哀怨感伤，但它动人的不只是歌曲，而是对流行歌曲有很大贡献的慎芝女士，写完这首歌不久后就离开人世了，我觉得在她一生所写的歌曲里，有两首意境最感人的歌，可以作为流行歌的经典，一首是《最后一夜》，另一首就是《今夕是何夕》，其中有历经人间沧桑、看清世法无常的感慨，所以才能如此感人。

明日隔山岳，世事两茫茫

对于心思细致敏感的人，光是想到“今夕何夕”四个字就会有无限感伤，这也是中国诗歌里一种非常动人的心情，“今夕何夕”的吟唱应该是始自杜甫的一首《赠卫八处士》，这首诗早就是唐诗里人人会诵的经典了：

人生不相见，动如参与商。今夕复何夕？共此灯烛光。
少壮能几时，鬓发各已苍。访旧半为鬼，惊呼热中肠。
焉知二十载，重上君子堂。昔别君未婚，儿女忽成行。
怡然敬父执，问我来何方？问答乃未已，驱儿罗酒浆。
夜雨剪春韭，新炊间黄粱。主称会面难，一举累十觞。
十觞亦不醉，感子故意长。明日隔山岳，世事两茫茫。

二十年前相识的时候，你还没有结婚，今日相见，你的儿女已经成行。因为会面如此艰难，仿佛才一举杯就喝了十大杯酒了，感知你不忘故人的情意，喝了十杯也没有醉意。想起人生里难以相逢，就好像天上的参星与商星永远相背地转动，今夜是哪一夜呀！竟能一起在烛光下饮酒，再干一杯吧！明天一别又像被山岳阻隔，世事都会变成茫茫的一片了。

杜甫是多么深刻地触及了人生两个重要的命题，一是世事无常，二是情意难驻。在生命不断的转动里，人除了感慨怀思，是无能为力的，由于今夕何夕是梦一样，何不好好地珍惜今夜呢？

这种无常的忧伤、难驻的情怀，历代的诗人都有不同的表白，唐朝诗人贾至有一首送别的诗是：

雪晴云散北风寒，楚水吴山道路难。

今日送君须尽醉，明朝相忆路漫漫。

宋朝的欧阳修写的《浪淘沙》更加细腻浪漫：

把酒祝东风，且共从容。垂杨紫陌洛城东，总是当时携手处，游遍芳丛。

聚散苦匆匆，此恨无穷。今年花胜去年红，可惜明年花更好，知与谁同？

今年的花开得比去年更红，可惜已经无法与你共游了，想到明年的花可能比今年更好，但那更可惜，因为不知道要和谁一起欣赏呀！欧阳修的“可惜明年花更好，知与谁同”给我们一种对未来渺茫之叹，但比起杜甫的境界还是差了很远。我觉得最能继承杜甫情思的，是明朝诗人袁凯的《客中除夕》：

今夕为何夕？他乡说故乡。
看人儿女大，为客岁年长。
戎马无休歇，关山正渺茫。
一杯柏叶酒，未敌泪千行。

心热如火，眼冷似灰

读了这么多“今夕何夕”“今日明朝”“今年明年”的诗歌，真让我们感觉茫然不已。一个日子在我们的生命中逝去，有如闪电眨眼那样快速，有如猫爪滑过那样无声，有如和风吹拂那样不可捕捉。

每一天夜里，当我们忙完了一天的事务，躺在床上都不免怅惘：这就是我的一天过去了吗？

比较敏感的人会想到今天与明天的问题，会想到昨夜，想到去年此夜，想到某年某月的某一天，然后怀着一点儿憾然睡去。更敏感的人，就会因为这些失眠了！时间空间的转动竟是如此无奈，青春不在、情爱不在、人生许多可珍惜的细节都已不在了，如果我们因此情绪被波动，就会沉溺其中永无出期！我们的心仍然与从前一样热，我们的眼却不必像从前那样热，我们或者可以在变动中有一种冷静的观照。我很喜欢日本的宗演禅师的座右铭：“我心热如火，眼冷似灰。”宗演曾为自己立下一个终生奉行的守则：

> 晨起着衣之前，燃香静坐。定时休息，定时饮食；饮食适量，绝不过饱。以独处之心待客，以待客之心独处。谨慎言辞，言出必行。把握机会，不轻放过，但凡事再思而行。已过不悔，展望将来。要有英雄的无畏、赤子的爱心。睡时好好去睡，要如长眠不起。醒时立即离床，如弃敝屣。

这虽是禅师自勉的格言，对于容易耽溺缅怀的我们，也是非常有用的，如果能像宗演那样，只有今夕，就没有昨夕明夕与何夕了。他的“睡时好好去睡，要如长眠不起。醒时立即离床，如弃敝屣”特别使我们心惊，令我想起文天祥在处于最险厄之境时，曾写过两句话：“存心时时可死，行事步步求生”，忠肝义胆的孤臣与云胸水怀的禅师竟有如是相似的格言，使我们知道要从绝处里逢生，要昨死今生，非得有断然的气概不可。

当代修行极有成就的叶曼居士，有一次对我说，她把文天祥的“存心时时可死，行事步步求生”略作改动，变成“时时可死，步步求生”，真是改得妙，一个人随时随地可以死去，是多么潇洒，而一个人每一步都往活的地方走，是多么勇毅。反过来，对于那些醉生梦死之辈，就是“时时可生，步步求死”了。

晴空有云，不改蔚蓝本色

“今夕何夕”是一个如真似幻、梦幻泡影、迷离朦胧的命题，人在某一种时空里免不了会沦入那样的悲情，其实是没有什么要紧的，只看我们有没有好的观点来看清过往的历程罢了。

药山惟俨禅师有一天在庭院里散步，弟子道吾与云严在旁边随侍，药山指着两棵树，一棵是枯干的树，一棵是繁茂的树，问道吾说：“是枯的对，还是荣的对？”“荣的对。”道吾说。药山说：“灼然一切处，光明灿烂去！”然后转向云严：“是枯的对，还是荣的对？”“枯的对。”云严说。药山说：“灼然一切处，放教枯淡去！”这时候，有一位小沙弥走过，药山把他叫住，问他：“是枯的对，还是荣的对？”小沙弥说：“枯者从它枯，荣者从它荣。”药山说：“不是，不是。”

这个故事，可以用来印证我们“今夕何夕”的观点，如果像道吾说的是繁茂的对，那么世界就是一片光明灿烂的锦绣了。云严看师兄说错了，赶紧改口，但也不对，因为如果枯干是对，世界就会萧索单调地走向枯寂之路。小沙弥说枯干的让它枯干，繁茂的任它繁茂，这也不对，因为这就失去了人生的观点，不能自己做主了。

对一棵树，枯是荣的最后，荣是枯的最初，因此枯与荣是不可分的，枯荣是一，没有分别。在药山的眼中，是进入了枯荣的本质，他眼里就是树。

对一个人的情境，今夕乃是昨夕的结果，昨夕正是今夕的过程，因此今夕与昨夕是不可划分的。人生的路是一，没有分别，我们能不能有真实之眼去超越枯荣的表象，来看见自己的本质呢？

有时候在月明星稀的夜里，我也会不自觉地吟哦起白光的《今夕何夕》，或曾庆瑜演唱的《今夕是何夕》，这时候我会想，我们不要畏怯生命的感怀、生命的忧伤，乃至生命里忘不了的悲情，那就像晴空里有云，早晨有飞舞的晨曦，黄昏有辉煌的晚霞，都不能改变天空蔚蓝的本色，有时反而增加了蓝天的绚丽。

飘过，美丽过，一点儿也不染着，是多么好呀！

庞居士问赵州禅师：“和一切无关的人，究竟是什么人？”

让我们先深吸一口气，再来看赵州的回答：“他不是人！”

能和一切有关，能从昨夕走到今夕，还能怀抱着希望走向生命的远方，在某一个层次上是很幸福的！

○

伍

保持心海的单纯平静

世界的中心

最近，我到垦丁公园里的生态保护区“南仁湖”去小住了两天。

南仁湖因为是管制区，一般人不容易进去，所以到现在还保有它原始纯净的面貌。南仁湖位于南仁山区，这个山区有丘陵、山谷、湖泊、溪流、山坡、草原、原始林等不同的景观，其中最美的部分却是南仁湖及湖畔的草原。

这个占地非常大的湖泊，沿岸弯曲有致，四周的草原青翠而平坦，水草丰美，湖里有各种鱼类，每年到了冬季，过境的候鸟都在这里栖息。而且，这里的天空、山、云，乃至晚上的星月都有非凡之美，在南仁湖畔居住的两天，使我仿佛完全舍弃了红尘，进入一个天涯海角的净土。

在这广大的人间仙境里，只住了一户人家，这户人家共有四口人，一对中年的夫妻带着弟弟和孩子住在水泥平房里，我就在他家借宿。

这一户人家在深山的湖畔居住了二十多年，从前以种田为业，后来改牧牛羊，现在养了七十几头牛和三百多只羊，由于牛羊在山间放牧，因此他们的生活单纯悠闲，并不忙碌，能住在风景那样优美的地方，真正是人间最幸福的事了。

可是让我最惊异的是，主人并不能感觉到那里的风景有什么优美，他还对我说："我真想搬到台北去住呢！"

他说："这里从前有十七户人家，有办法的人老早都搬出去了，只有我们这种找不到头路的人才住在这深山里呀！"言下颇有感慨之意。

本来，住在这远离尘嚣的地方，心里是可以非常明净安宁的，可是主人受不了明净与安宁，他告诉我，受了二十几年的寂寞，在这个月，他终于狠下心买了一部发电机、一台冰箱、一台彩色电视。一到了夜晚，燃烧柴油的发电机就轰然被抽响，震撼了整个山谷，然后一家人围在电视前面，看着遥远的山外发生的事情，新闻里无非是争战、是非与残杀；连续剧里则是侠情、乱爱与纷扰；综艺节目是脂粉、电光与浮夸……

当发电机启动的时候，我总是搬着竹凳，独自坐在黑暗的前庭，看明亮清澈的星月，看妩媚无比的山的姿影，看淡淡浮在湖面上的金光以及不时流浪而过的萤火。要一直等到电视的声音完全歇止，主人才会搬一张椅子出来，陪我喝茶。

我看着主人因工作而满布着风霜的脸，想到在这么幽深宁静的山中，他们渴望着外面繁华世界的消息，原是无可厚非的，如果是我们住在这样的山里，面对着变化微小、沉默不语的湖与山，我们是不是也会渴盼着能知道山外的红尘呢？答案是非常肯定的。

你从哪里看这个世界

非但如此，我发现住在这山中唯一的人家，他们并不是很亲和的，由于重复而单调的工作，使他们难以感受到生活中的悦乐，脸上自然地带着一丝怨气。由于家庭成员的关系过度亲密，竟使他们无法和谐地相处，不时有争吵的场面，争吵当然也不是很严重的，很快像山上的乌云飘飞而过，但过于密集的争吵，总不是好事。

从南仁湖回来以后，我开始思考起人根本的一些问题，这户居住在极南端边地里的人家，在我们看来他们是住在世界的边缘了，可是他们却终日向往着繁华的生活，他们的身虽在边地，心却没有在边地。

他们一家四口人，每人都认为自己是中心，难以退让，所以才会不时地发生争吵。

在我的眼中，南仁湖是世界上少见的美景，能住在那里不知道是几世修来的福气，可是他们不能欣赏那里的美，也不觉得是福气，他们的心并不能和那里明净的山水相应。反过来说，我虽住在城市，我的心并不能与电视相应，反而他们住在原始林中，竟能深深地和电视产生共鸣，这到底是什么道理呢？

他们也同样对我有着疑惑，女主人每天做菜的时候，总是要问我一次："你年纪这么轻，为什么要吃素呢？"甚至还对我说，他们住在山里二十多年，我是第一位吃素的客人，令他们感到相当意外。

还有一次，我坐在屋前的竹林中看飞舞采花的黄裳、青斑、白斑不同的蝴蝶入神的时候，主人忍不住坐到我的身边，问我："你一直说这里的风景很美很美，到底你是从哪里看的呢？"我大大地吃了一惊，指着面前的蝴蝶说："这不是很美吗？"他看了一下，茫然地笑着，起身走了。

到底你是从哪里看的呢？是看山、看云、看湖、看星，还是看水鸟呢？

我自己也这样问着，并寻找答案，最后我找到的答案，几乎全不是眼前的景色，而是因为心，我是从心里在看着风景的。

有一天，如果我避居在南仁山，我可以看到它最美丽的一面。但是现在，我居住在城市，我也同样能领略城市之美。问题不在南仁山、不在城市、不在任何地方，而在心眼。

这就像垦丁的一位朋友告诉我，他开车开了十几公里，带一个官员到龙坑去看海浪，官员看了半天对他说："这也没什么，只不过是海浪而已。"

我的朋友本来想问："那你想看什么呢？"

后来，他没有那样问，而问道:“你能看什么？你会看什么呢？”

南仁山的经验使我知道，不只是人，不只是山水，甚至整个世界，它的中心就是人心。

我坐的椅子就是世界中心

人心是世界乃至宇宙无限的中心，这是一个多么大的发现。

从前，古埃及人认为孟菲斯是世界的中心，希腊人则认为德尔菲是世界的中心，英国人却认为世界的中心在伦敦的堪培拉花园。中国人则认为世界的中心在长安，罗马帝国时代认为世界的中心在万神殿。甚至连非洲人都以为世界的中心在非洲。

这并不是由于无知或愚昧，一直到现在，美国人认为世界的中心在华盛顿，俄罗斯人却认为是在莫斯科。

在地球刚被发现是圆形的时候，地球人认为地球是宇宙的中心，后来发现地球绕日而行，才勉强承认太阳是太阳系的中心。又后来发现宇宙有无数的星云漩系，又不能确定什么才是宇宙的中心了。

其实，这种自认是中心的观点并没有错，因为地球是圆的，不管以哪一点为定点，它都可以是中心，都可以万法归一。不要说长安、罗马、孟菲斯、德尔菲，就是我现在坐的这把椅子，也可以说是世界的中心。

再从宇宙无限的观点来看，上下四方既无尽头，说地球是中心又有什么错呢？

这是从空间来看的。再从时间来看，从大的角度说，历史上每一个时代的人，都把自己那个时代看成是世界历史的中心，要“承先启后”，要“继往开来”，要“为往圣继绝学，为万世开太平”，甚至要“前不见古人，后不见来者，念天地之悠悠，独怆然而涕下”。虽然我们从大格局来看，许多时代是平淡平凡的，可是他们那一代的人在那个时候，却都认为那是“轰轰烈烈的大时代”。

再从个人来说，每个人都免不了认为自己的时间过程最重要，我们是儿童时，认为世界应以儿童为中心；我们是青年时，认为世界不够照顾青年；我们是中年时，往往看不惯前卫的青年和保守的老年，认为中年人才能创造世界；我们是老年时，总会埋怨世界不敬老尊贤，或者批评老人福利办得不好。

我们是青年时，谁想过老人福利的问题呢？

所以说，不管是从空间或时间来看，我们自己就可以说是世界的中心，或者说每个人认为自己是世界中心而不肯承认。这是我们这个世界的实相，但也是这个世界的空相，因为时过境迁，中心就未必是中心，而换一个角度，中心又成为边地了，这不是一切成空吗？

世界的中心其实不是地理上、历史上的，世界的中心就是一个人的心之实相。

在佛教经典里，对世界中心乃至宇宙中心是人心早就有深刻的见解，佛陀在《楞严经》里曾对阿难说:“中何为在？为复在处？为当在身？若在身者，在边非中，在中同内。若在处者，为有所表？为无所表？无表同无，表则无定。何以故？如人以表，表为中时，东看则西，南观成北，表体既混，心应杂乱。”

在《维摩经》里，维摩诘对弥勒菩萨说:“弥勒，世尊授仁者记，一生当得阿耨多罗三藐三菩提，为用何生得受记乎？过去耶？未来耶？现在耶？若过去生，过去生已灭，若未来生，未来生未至，若现在生，现在生无住。如佛所说：比丘！汝今实时亦生亦老亦灭。”

前一段经文是空间的，后一段是时间的，中心在哪里呢？并不在时空，而是在人的心性。近代思想家张铁君曾由这两段经文演义，写出极明白的两段话来讲时空，他说:

“其实天下的中央并不一定，在地平面上处处皆中处处非中，只视乎以何地作为四围而定。东西南北莫不如此。如谓此地为北，则北之北，尚有北在。以北之北来看北，则北又为南。如谓此地为南，则南之南，尚有南在。以南之南来看南，则南又为北。东西也是如此，所谓远东，不过以欧西的国家为坐标，在中国人看来，东方而已，何有于远？中国的远东应该是美洲才对。可证空间本无方位，南北不过随人而定。

“时间过去的过去了，未来的尚没有来，现在的刹那间即已消逝，而且刹那又在哪里？照这样看，哪里有过去？有未来？又哪里有现在？因而无古无今，无旦无暮，时间只不过是一条无始无终连绵不断的长远罢了。”

到这里，是不是让我们更见到心的实相呢？

《楞严法要串珠》说：“当知虚空生汝心内，犹如片云点太清里。况诸世界，在虚空耶。汝等一人发真归元，此十方空，皆悉销殒。圆明精心，于中发化。如净琉璃，内含宝月。圆满菩提，归无所得。”

在佛经里，人的心性可以与虚空相应，可以大如虚空，所以说虚空在心里，世界还在虚空之中，人心就大过世界了。但这是从大处说，如果从小处着眼，每一个凡夫的心也都是世界的中心，即使不能改变大世界，对自己所居住的小世界仍有决定性的影响。

所以，在佛教里说，在最深沉黑暗的地狱中焚烧众生的烈火，当地藏菩萨走过时都化成艳丽的红莲花；在大菩萨的眼中，森罗地狱就是春色满园的净土，有什么不能呢？

人心就是世界

近几年来，社会治安一天比一天乱，已经到了让人痛心疾首的地步。尤其是今年，每天打开报纸的社会版，总会感到内心深处一阵抽紧，为什么那些残暴无比的凶案竟会每天发生呢？这个社会到底在什么地方出了问题呢？

许多专家告诉我们，要改革社会的不安应该从家庭、学校、社会的教育着手，并且要加强警力，改变社会奢侈淫靡的风气等等。可是当我们发现受过高等教育的知识分子因一念之嗔可以举刀杀人，因一念之痴而自戕身命，尤其是连警察人员也常因一念之贪而贪污抢劫、伤人害命时，我们就知道问题不是那么简单。

家庭、学校、社会教育的重点又在哪里呢？也在人心！

佛教思想的基础，就是从心的认识与觉悟开始的，佛陀早就告诉我们，一个人要成为什么样子，他现在的宿命，未来的道路，都是心的缘起。从出世法说，心的清净可以使人超出三界，成圣果、证法身；从入世法说，心的清净可以使社会平安、国家安泰、世界和平。

佛经常说："心取罗汉，心取天，心取人，心取畜生虫蚁鸟兽，心取地狱，心取饿鬼作形貌者，皆心所为。"

一个人、一个社会、一个国家的败坏，简单地说，就是心所染着，不能清净，心的染着因素则是贪、嗔、痴、慢、疑，我们打开报纸，让我们触目惊心的事件，无不是贪嗔痴慢疑所造成的呀！

使人心清净的力量不在教育，而在信仰；不在知识，而在因果；不在科学，而在宗教。有了信仰才能心有所敬，有了因果才能心有所畏，有了宗教才能心有所安。知所敬畏就不敢胡作非为，平安自在才能为理想、为利他而奉献自我。

世界的中心是人心，人心的中心是宗教。民国初年的高僧倓虚法师在他的《影尘回忆录》里说：

“佛法维系着每一个人的人心，像一根细长的灯芯子，人心似一个添满了慧油的灯盏，燃起了人心灯中的灯芯子，放出无尽的光明，照耀着整个世界（乃至无边的世界）。可是如果把灯芯子抽去不要，灯就立时熄灭不亮了。换句话说，如果使人心失去了佛法的教化，抽掉了因果理的维系，人心也就肆无忌惮，败坏到不可收拾了。”

人心其实不只是世界中心，人心就是世界！

一一微尘中，见一切法界

从南仁山离开的那天清晨，我特别跑到种着一片红色睡莲的湖畔，看莲花在清晨的眸光中开起，一行栖在山头的白鹭鸶也被曦光唤起，在山谷中优雅地盘飞着。白鹭绕过之处，小雨蛙纷纷从莲叶跳入湖中，一圈极细小的涟漪一直向四周扩散，终于扩散成为一个极大的圆周。

我想，人心也是这样的。

面对再好的莲花、再美的水色，如果不能静虑，有澄澈的心去感受与对应，一切都是惘然。

我想起《华严经》里的一段经文：

善男子！当知自心，即是一切佛菩萨法；由知自心即佛法故，则能净一切刹，入一切劫。是故善男子！应以善法，扶助自心；应以法雨，润泽自心；应以妙法，治净自心；应以精进，坚固自心；应以忍辱，卑下自心；应以禅定，清净自心；应以智慧，明利自心；应以佛德，发起自心；应以平等，广博自心；应以十力[①] 四无所畏[②]，明照自心。

我们都是十方世界里的善男子与善女人，在这广大无边际的时空之中，我们可能是渺小的，无法含水泼熄世界燃烧的火焰，也不能以安静来止息世界的喧吵纷扰，但只要我们的心香光庄严，觉性遍满，就能使世界其光遍满，无坏无杂。

于此莲花藏，世界海之内。一一微尘中，见一切法界。

《华严经卢舍那品》里不是这样说过吗？在这宝莲花所结遍的佛净土上，在这世界广大的土地与大海之内，每一点滴最小的尘埃中，也可以看到一切的法界呀！

这是多么超拔美丽的境界，人心之小可以小到微尘一般，人心之大则大到遍满莲花藏的世界。那么！善男子！善女人！坐下来，止静禅定，回来观照自己的心吧！

---

① 十力：1. 知觉处非处智力；2. 知三世业报智力；3. 知诸禅解脱三昧智力；4. 知诸根胜劣智力；5. 知种种解智力；6. 知种种界智力；7. 知一切至所道智力；8. 知天眼无碍智力；9. 知宿命无漏智力；10. 知永断习气智力。

② 四无所畏：1. 总持不忘，说法无畏；2. 尽知法药，及知众生根欲性心，说法无畏；3. 善能问答，说法无畏；4. 能断物疑，说法无畏。

如意珠

从前在印度的室罗城中，有一个名叫演若达多的人，有一天早上起床去照镜子，发现镜中人的头、眉目、相貌非常可爱。

但是突然起了一个念头:“为什么我可以看见镜中的面目，反而我的眼睛不能看见自己的脸呢？”这样一想,使他感觉十分恐怖，以为自己受到魔鬼作祟，自己的眼才见不到自己的脸，甚至认为自己的头已经失落了。

最后,演若达多因此疯狂,整天在城里狂走,寻找自己失去的头。

佛陀释迦牟尼问他的弟子富楼那说:“这个人为什么无缘无故地狂走呢？”

富楼那说:“那个人心发狂了。”

佛陀便对弟子开示，每个人的心里都有像演若达多的狂性，那是因为“自诸妄想辗转相因，从迷积迷以历尘劫”(自己在妄想里辗转，互为因果，而在痴迷中累积，度过很长的岁月)。其实，演若达多虽然发狂了，他的头并没有失去，要使他找到头的方法，就是使狂心歇息下来，而不是去找另一个头。

于是，佛陀说："歇即菩提，胜净明心，本周法界，不从人得。"（狂心歇息就能找到智慧的菩提，那是因为殊胜清净明朗的心性本来就充满了法界，而不是从别人那里得到的。）

为了使弟子更了解"狂性自歇，歇即菩提"的道理，佛陀说了一个故事：有一个人，他衣服里有一个无价的如意宝珠，自己却不知觉。最后流落街头，成为乞丐，到处奔走乞食维生，他虽然那样贫穷，衣服里的宝珠并没有遗失。有一天，遇到一位有智慧的人，指出了他身上的如意宝珠，他立刻就成为富有的人，这时他才知道，如意神珠原来早在自己身上，并不是从外面得来。

这两个故事都出自《楞严经》，佛陀说的"演若达多的狂性"和"穷人身上的如意珠"都具有深刻的象征意义。演若达多的狂性就是一个人的妄想，而穷人身上的如意珠则是一个人的好本质，太多的妄想与向外流浪奔驰，会遮蔽了人的好本质，发现好本质（甚至是明净的自性）唯一的方法就是在狂乱与妄想中歇息下来。

我觉得，这故事对现代人来说更有意义，因为生活在现代的人多少都具有狂性，飙车者为了追求一分钟的狂性，宁可丢弃百年的生命；大家乐迷则是顶着自己的头，每天在外面找头的人；每天在街上，我们会看见为了推销衣服大吼大叫、乱甩衣服的小贩；百货公司里抢买打折货的人潮；戏院前霸占着窗口，横眉竖目的黄牛；绿灯还没亮就紧踩油门准备冲出的车子；追赶、跑跳、碰撞的人群……这是一个多么狂乱的妄想与欲望纷飞的世界！

当我看见了世界的运转，抬起头来，看一朵精美纯白的云朵，以一种温和优雅的姿势缓缓飘过，这时我知道了，能没有狂性地生活着，真是幸福的事。

于是，我每时每刻都让自己的如意珠显现着，并对映着这个世界。

牛肉汁时代

朋友告诉我一个笑话——

一个有钱的贵妇去找一位知名的画家作画，并且谈好条件，这张画像一定要她家里的狗喜欢才付钱。

画家一口答应，但是向她要了双倍的价钱，理由是："画到连狗都喜欢，那是非常艰难的。"

画像终于完成了，当画送到的时候，贵夫人的狗立刻飞奔而至，状甚愉快，热情地舐着画像上主人的脸颊。那位贵夫人和她的狗一样兴奋，付了双倍的价钱给画家。

这件事情传开了，许多学艺术的人都非常佩服，纷纷来向他请教，如何画一幅画让狗看了也那么感动。

画家说："没什么呀！我只是在她脸上的颜料部分，涂了一点儿牛肉汁。"

这个故事很值得深思，一般人欣赏艺术品通常停在外表的层次，例如一幅画像不像，例如一幅画可以卖多少钱，导致那些好卖的艺术品不一定是很感人或有创作力的，只不过是在颜料里调了一点儿牛肉汁吧！

我们这个时代，由于外在的可炫惑的事物太多，可以说是一个“牛肉汁时代”，许多人拼命追逐外在事物，献出了大部分青春。不幸的是，外在事物时常是很短暂的、不永恒的，不能确立人生真实价值的。

我并不排斥人对表面事物的追逐，例如更有权位、住更大的房子、开更高级的汽车、穿更好的衣服、在更昂贵的饭店吃饭，因为这是人之常情，也是一个社会进展的动力。但是我很担心，太少人做内在的沉思与开发，对文化与质量的发展是很不利的。

人之所以异于禽兽，是他有一个广大的灵性世界，也可以说是人独有的质量。一个人活在世间，在作为人的独有质量的开发，至少应该花费和外在的、物质的追求相同的时间。如果一个人花在灵性思维里的时间很少，他的身心就接近禽兽了。

二十世纪九十年代以后的人，花费很少的时间就可以解决温饱了，大部分的追逐都只是欲望的展现。但是人生不仅如此，只是由于内在品质不像外在的物质易于被发现、易于衡量，大家就忽视了。

禅宗里有一个公案，说有一个弟子非常崇拜赵州禅师，于是为赵州画了一幅画像，有一天拿给赵州看，问道：“师父，您看这幅画像不像您？”

赵州说:“如果不像，你就把画烧了。”

停了一下，赵州又说:“如果像我，你就杀了我吧!”

弟子只好把画像烧了。

这个公案的意思是，表面的事物是无法取代内心世界的。我们在物质的堆砌，所塑造的是我们的画像，而不是真实的我;真实的我唯有在夜半扪心，花时间来反复思维才会显现。

真实的我，不是脸上涂满颜色的我。

真实的我，不是穿着流行时装的我。

真实的我，不是在街头奔赴名利的我。

真实的我，不是那个表面华丽、内心空虚的我。

那么，真实的我要去何处寻?

“你问我，我问谁呢?我找自己的时间都不够用了呀!”

“拜托，给一个简单的提示!”

“好!给你一个简单的提示，如果你花多少时间在穿衣、打扮、美容、工作、追逐，就花相同的时间来读书、思考、静心、放松，真实的我就会出来与你相见了。均衡一下嘛，广告不是这么说的吗？”

“这么简单，我回去就试试！”

“咦？你脸上怎么有牛肉汁？”

“呀，哪里？”

“哈，除了均衡一下，也要放松一下嘛！”

去做人间雨

有一天晚上，马祖道一禅师带着百丈怀海、西堂智藏、南泉普愿三个得意弟子去赏月，马祖说："这样美的月色，做什么最好？"

西堂智藏说："正好供养。"

百丈怀海说："最好修行。"

南泉普愿一句话也没说，拂袖便去。

马祖说："经入藏，禅归海，唯有普愿独超然于物外。"（智藏对经典可以深入，怀海会在禅法有成就，只有普愿独自超然于物外。）

我很喜欢这个禅宗的故事。在美丽的月色下，供养而使心性谦和，修行提升心灵清净，都是非常好的，可是好好地赏月，不发一语，则使人超然于物象之外，心性自然谦和，心灵也在无心中明净了。

天上固然有明月皎然，心里何尝没有月光的温柔呢？这就是寒山子说"吾心似秋月，碧潭清皎洁"的原因，也是禅师以手指月，指的并不只是天上之月，也是心里的秋月。心思短促的人，看见的是指月的手指；心思朗然的人，越过了手指而看见天边的明月；心思无碍的人，则不仅见月见指，心里的光明也就遍照了。

僧肇大师曾写过一首动人的诗偈：

旋岚偃岳而常静，江河竞注而不流。
野马飘鼓而不动，日月历天而不周。

一个人的心如果能常静、不流、不动、不周，就可以观照到，虽然外在世界迁流不息，却有它不迁流的一面。一个人如果心中有明月，就知道月亮虽有阴晴圆缺，其实月的本身是没有变化的。

更高远的心灵的道之追求，是要使我们能像天上的云一样自由无住，无心出岫，长空不碍。但是当我们化成一朵云的时候，是不是也会俯视人间的现实呢？

现实的人间会有一些污泥、一些考验、一些残缺、一些苦痛、一些不堪忍受的事物，此所以把现实人间称为“滚滚红尘”。“滚滚”有两层意思，一是像灰沙走石，遮掩了人的清明眼目，二是像柴火炽烈，燃烧着我们脆弱的生命。每一次，当我想到作家三毛的最后一部作品叫《滚滚红尘》，写完后她就投环自尽，我就思及红尘里的灰沙与柴火，真是不堪忍受的。

灰沙与柴火都还是小的，真实的“滚滚”有如汪洋中的波涛，人则渺茫像浪里的浮沫。道元禅师说：“是鸳鸯呢，还是海鸥？我看不清楚，它们都在波浪间浮沉。”不管是美丽如鸳鸯，或善翔像海鸥，都不能飞出浮沉的波浪，人何能独独站立于波涛之外呢？

云，很美，很好，很优雅，很超然，但云在世间也不是独立的存在。它可能是人间的烟尘所凝结，它一遇到冷锋，也可能随即融为尘世的泪水。

因此，道的追求不是独存于世间之外的，悟道者当然也不是非人，只不过是他体会了更高的心灵视界罢了。这更高的心灵，使他不能坐视悲苦的人间，也使他不离于有情。这是一种纯净的诗情，王维有一首《文杏馆》很能表达这种诗情：

文杏裁为梁，香茅结为宇。
不知栋里云，去作人间雨。

迈向诗心与道情的人，以高洁的文杏做成梁柱，以芳香的茅草盖成屋宇，且虽然居住于自然与美之中，心里却有问世的意念。想到在栋梁间飘忽的白云，不知道是不是也和自己一样，要去化作造福人间的雨呢？

要去化雨的白云，是体知了燥热的人间需要滋润与清凉的雨；要去问世的高士，虽住于杏树香草做成的房屋，已无名利之念，但想到滚滚红尘，心有不忍。

道心与诗心因此都不离开有情，不是不能离开，而是不愿离开，试想蓝天里如果没有朝云与晚霞，该是多么寂寞。

智者，只是清明；觉者，只是超越；大悲者，只是广大。他们并不是用皮肉另塑一个自我，而是以活生生的血肉作人的圆满、作心的清明、作环境里的灯火。

《临济录》里讲到，临济义玄禅师开悟以后，时常在寺院后面栽植松树，他的师父黄檗希运问他："深山里已经有这么多树了，你为什么还要种树呢？"临济说："一是为了寺院的景色，二是为后人树标榜。"所以他的师兄睦州对师父说："临济将来经过锻炼，定能成一棵大树，与天下人作阴凉。"

不论多么大的树，都是来自一颗小小的种子，来自一尖细细的芽苗。长成大树的人不该忘记天下人都是大树的种子与芽苗，因此誓愿以阴凉的树荫，来使天下人得以安和地生活。

出世的修行，是多么令人向往呀！但是"微风吹幽松，近听声愈好"，如果没有化作人间雨的立志，那么就会像一朵云，飘向不可知的远方了。

一探静中消息

看过晓云法师[*]的禅画，步出展览室时，台北已是黄昏了，沿着笔直的仁爱路向西边看去，一轮金澄澄的夕阳正高挂在大厦的顶端。我向着夕阳的方向散步，发现整条仁爱路美丽的木棉花都落尽了，看似枯寂的木棉树，枝丫间的绿芽正从树中抽长出来。

我恍然间觉得，金橙一样色泽的木棉花固然是美的，但那一刻，细嫩的芽之美也毫不逊色。我又想起旧时乡间的木棉树，它们不仅会开美丽的花，花后还结成一颗颗的棉果，在初夏来临的时刻，棉果在空中爆开，声音隐然可闻，然后一丝丝如絮的木棉就从四空飘散下来，那景致比起光是开放掉落的木棉还美，因为它有果有棉，还能散落在广大的大地。

可惜台北的人无福看到木棉有果，更看不到果中的棉絮了。不知道是什么原因，也许是空气太污浊了，也许是车声太嘈杂了，也许是天空太灰暗了，台北的木棉总没有一株结出真正的木棉，这样想着，木棉絮在乡间飘落的姿势就更美了。

我看过无数艺术家用心血创作的结晶，它们都或多或少有可观之处，但是我们看画的时候本来心是空的，看完之后整个被充实起来，有时候心里被塞得完全没有空间，总要经过一段宁谧的时间，心里才平静下来。

看晓云法师的禅画，经验却是完全不同。那种感觉仿佛我们在深夜里读陶渊明和王维的田园诗，短短几笔，淡淡着墨，不能激起心灵澎湃的情感，反使我们的澎湃安静下来。它不是有东西塞进我们心里，而是把本来充塞在我们心中的俗虑清洗了出去，就像暴雨后的山涧，溪水初是混浊，在雨过天晴之时，溪水整个清澈，而山中的泥泞污秽也被清洗一空。

在生活的奔忙里，我们的心仿佛被充塞得饱满了，这种饱满使我们遇树不见树，过林不见林，更不要说能静下来看路边的小草小花了。欣赏过晓云法师的禅画，它使我们饱满的心变成虚空，那虚空乃可以涵容，可以让大地穿梭，可以成为一片广阔的平野。

晓云法师有一幅画，画中一个细小的汉子挑着黄麻，穿出了一片乱墨飞舞的树林，空白处写了这样几句："本有黄麻三担重，如今只剩一担；挑到一处放下来，正是身心自在。"正是描写那样的感觉。要到身心自在的境界，非得把那最后一担也放下不可，也就是要做到"世界光如水月，心身皎若琉璃"的境界。

我觉得"禅画"之可贵处，也是与一般绘画的不同处，就是它在一幅画里也许没有任何惊人之笔，但是它讲究"触机"，与其他艺术比起来，是一支针与一个气球之比，那支针细小微不可辨，却能触中人的心灵之机，这正是晓云法师所说："无异是另开辟了一个清湛的源泉，从人的有限中更拓出无限的国度——性灵的国度，礼教是人底范畴的闲邪，性灵是人自然放射的悲智之光。”

那么，禅画所表现在画面上的精神，可以说是“留白”，包括内容的留白和形式的留白，是在画面上我们不能完全捕捉到作者的意思，他往往留下一个线索或许多线索，观者只能循线摸索，走到哪里算哪里了。

也因为禅画有这样的特质，它在中国艺术中的影响是不可估量的，宋朝以还的文人画可以说多少具有一些禅意，而明代影响后世最大的两位画家，一是石涛，一是八大山人，他们的画非但禅境殊深，本身也皆是出家的和尚。

历来论石涛者都认为他的艺术“无法”，乃是撷取了中国各派之法“独创我法”，晓云法师谈到石涛，曾用了这样的譬喻：“石涛之画风是如何洒脱不拘，正等于中国之南禅到了一花五叶之后，一切风规律仪都放合了。”正是触到了禅画之机，禅画之“画”是有法度的，但禅画之“禅”就无迹可循了，完全要看道心的修为。

道心何以修为？晓云法师有一幅画，画的是高士面壁，三五笔成篇，只题了几个字“一探静中消息”，我想这个“静”字也就是道心修为的起点了。

人总是容易被动着的事物感动，因为人总有个活活泼泼的本质，所谓世上没有不落的花，没有不流的水，水流不尽，花落不了，总有一个活泼的世界。但是在静中追探的人却能在花落水流之间觉悟到万物之无常，悟人性之真常，这就是修为！

我们且来读几段晓云法师常引的有关静的诗，来一探静中消息：

雪里梅花初放，暗香深夜飞来。
正对寒灯寂静，忽将鼻孔冲开。（憨山禅师）

风从何处来，众响动岩穴。
静听本无声，如何有起灭。（苏东坡）

碧涧泉水清，寒山月华白。
默知神自明，观空境逾寂。（寒山禅师）

玲瑰色淡松根月，敲磕声清竹罅风。
独生独行谁会我，群星朝北水朝东。（永明禅师）

独坐穷心寂杳冥，个中无法可当情。
西风吹尽拥门叶，留得空阶与月明。（王维）

落落寒松石涧间，无琴兀语听潺湲。
此翁不恋浮名久，日坐茅亭看远山。（浙江和尚）

由以上所引的诗句，可以想见“静中消息”乃不是追求得来，而是一探所得的触机，最妙的是这个“探”字，问题是忙碌的现代人能享受这一探的人恐怕也寥无几人了。那好像同样一株木棉，在乡间能安然结果，棉絮飘飞，而到了市声凡尘，则只能开出娇艳的花，却不能结果成棉了，恐怕连一株沉默的木棉都能感受到静的力量，何况是在木棉树下还能沉思的人呢？

附注：晓云法师，俗名游云山，1912年生于广东，为岭南派绘画大师高剑父之高足，曾于印度泰戈尔大学研究印度艺术，并教授中国艺术。足迹遍历世界及中国名山大水。现任文化大学永久教授兼佛教文化研究所所长。1957年剃发出家，即致力艺术、宗教之推展，所绘禅画享誉海内外，1983年5月14日至21日在台北太极艺廊举行个展，这是他五十年来首度在台北举行禅画个展，观后甚为感动，略志其感。

生命的化妆

我认识一位化妆师，她是真正懂得化妆，而又以化妆闻名的。

对于这生活在与我完全不同领域的人，使我增添了几分好奇，因为在我的印象里，化妆再有学问，也只是在皮相上用功，实在不是有智慧的人所应追求的。

因此，我忍不住问她："你研究化妆这么多年，到底什么样的人才算会化妆？化妆的最高境界到底是什么？"

对于这样的问题，这位年华已逐渐老去的化妆师露出一个深深的微笑，她说："化妆的最高境界可以用两个字形容，就是'自然'，最高明的化妆术，是经过非常考究的化妆，让人家看起来好像没有化过妆一样，并且这化出来的妆与主人的身份匹配，能自然表现那个人的个性与气质。次级的化妆是把人突显出来，让她醒目，引起众人的注意。拙劣的化妆是一站出来别人就发现她化了很浓的妆，而这层妆是为了掩盖自己的缺点或年龄的。最坏的一种化妆，是化过妆以后扭曲了自己的个性，又失去了五官的谐调，例如小眼睛的人竟化了浓眉，大脸蛋的人竟化了白脸，阔嘴的人竟化了红唇……"

没想到，化妆的最高境界竟是无妆，竟是自然，这可使我刮目相看了。

化妆师看我听得出神，继续说："这不就像你们写文章一样？拙劣的文章常常是词句的堆砌，扭曲了作者的个性。好一点儿的文章是光芒四射，吸引了人的视线，但别人知道你是在写文章。最好的文章是作家自然的流露，他不堆砌，读的时候不觉得是在读文章，而是在读一个生命。"

多么有智慧的人呀！可是，"到底做化妆的人只是在表皮上做功夫呀！"我感叹地说。

"不对的。"化妆师说，"化妆只是最末的一个枝节，它能改变的事实很少。深一层的化妆是改变体质，让一个人改变生活方式、睡眠充足、注意运动与营养，这样她的皮肤改善、精神充足，比化妆有效得多。再深一层的化妆是改变气质，多读书、多欣赏艺术、多思考、对生活乐观、对生命有信心、心地善良、关怀别人、自爱而有尊严，这样的人就是不化妆也丑不到哪里去，脸上的化妆只是化妆最后的一件小事。我用三句简单的话来说明，三流的化妆是脸上的化妆，二流的化妆是精神的化妆，一流的化妆是生命的化妆。"

化妆师接着做了这样的结论："你们写文章的人不也是化妆师吗？三流的文章是文字的化妆，二流的文章是精神的化妆，一流的文章是生命的化妆。这样，你懂化妆了吗？"

我为了这位女性化妆师的智慧而起立向她致敬，深为我最初对化妆师的观点感到惭愧。

告别了化妆师，回家的路上我走在夜黑的地表，有了这样深刻的体悟：这个世界一切的表象都不是独立自存的，一定有它深刻的内在意义，那么，改变表象最好的方法，不是在表象下功夫，一定要从内在里改革。

可惜，在表象上用功的人往往不明白这个道理。

水中的金影

从前有一个人走过大池塘边，看到水底有金色的影子，很像黄金。他立即跳入水里要找金子,他把水里的泥土一捧一捧地捞起来，一直把整个的池塘弄得混浊不堪，自己又累得要命，只好爬回岸边去休息。过了一会儿，池水清澈之后，又看到那金色的影子。

他又进去捞,仍然捞不到,这样来回三四次,自己已经疲累不堪。他的父亲看他久出未归，就跑出来寻找，最后在池边找到他，看他疲累不堪，就问他:“你为什么把自己弄得这么疲困呢？”

他说:“这水底有真金，我明明看见的，可是捞了这么久都没有捞到，才弄得这么疲惫。”父亲仔细地疑视水底真金的影子，立刻知道那金子是在岸边的树上，为什么会知道呢？因为既然影子在水底，金子就不会在水底，影子乃是金子的投射。

后来，他听了父亲的话在树上去找，果然就找到了真金，父亲就说:“这可能是飞鸟衔金,掉落到树上的！”这是释迦牟尼佛在《百喻经》里讲的“见水底金影喻”，是用来解释无我的空性的。最后，佛陀说了一首偈:“凡夫愚痴人，无智亦如是。于无我阴中，横生有我想。如彼见金影，勤苦而求觅，徒劳无所得。”

我很喜欢这个故事，因为它充满了优美的比喻与联想，我们因为执着于“我”，于是拼命追求，就好像一直搅动真实的净水，而失去生命的真相。当我们把水中的金影当成真实的时候，我们就会一再地跳入水中，到最后只剩一身的疲劳，什么也得不到。

如果水中的金影到最后令我们发现了树上的黄金，那还是好的，最怕的是看见了夕阳的倒影就跳入水中的人，找了半天一上岸，天已经黑了。

我们如果常常反思人的欲望，会发现现代人的欲望比从前的人复杂强烈得多，生之意趣也变得贫乏得多。为什么呢？因为一来追求的事物多了，人人都变得忙碌不堪；二来生命的永不满足，使人无法静思；三来所掌握的东西，都是短暂虚幻不实的。

有很多的人认为现代人比古代人富有，其实不然，真正的富有是一种知足的生活态度，有钱而不知足的人并不富有，能够安于生活的人才是富有。

于是，我们看到了，现代人住在三十坪的房子，觉得需要五十坪才够。有汽车开了，还追求百万的名车。吃饱了穿暖了，还要追逐声色。到最后，还要一个有排场的葬礼和一块山明水秀的墓地。于是，我们夜里在庭院里聊天的生活没有了，我们在田园里散步的兴致没有了，我们和家人安静相聚的时间没有了，我们坐下来反省的时间没有了，到最后，连生命里的一点儿平安都没有了。

从前在农村，年纪大的人都可以享受一段安静的岁月，让生命得到安顿。现在的老年人，非但不知道黄金在树上，反而自己投身于水中金影的捕捞了，我们看到了全身瘫痪而不肯退休的人，看到了更改年龄以避免退休的人，看到了七八十岁了还抓紧权力、名位而不肯轻放的人！老人不能把静思的智慧留给世界，还跳入水里捞金，这是现代社会里一种令人悲哀的局面。

我常常想，这个世界的人，钱越多越是赚个不停，人越老越是忙个不停，我真不知道，大家是不是有时间来善用自己所赚的钱，是不是肯停下来想想老的意义。

停下脚步，让搅动的池水得以清净吧！

抬头看看，让树上的真金显现面目吧！

养着水母的秋天

从南部的贝壳海岸回来，带回来两个巨大的纯白珊瑚礁石。

由于长久埋在海边，那白色珊瑚礁放了许多天都依然润泽，只是缓慢地退去水分，逐渐露出外表规则而美丽的纹理。但同时我也发现了，失去水分的珊瑚礁仿佛逐渐失去生命的机能，连色泽也没有那样精灿光亮了。当然,我手里的珊瑚礁不知道在多久以前已经死亡，因于长期濡染海浪的关系，使它好像容蕴了海的生命，不曾死去。

为了让珊瑚礁能不失去色泽与生机，我把它们放进一个巨大的玻璃箱里，那玻璃箱原是孩子养水族的工具，在鱼类死亡后已经空了许久。我把箱子注满水，并在上面点了一只明亮的灯。

在水的围绕与灯的照耀下，珊瑚礁重新醒觉了似的，恢复了我在海边初见时那不可正视的逼人的白色，虽然没有海浪和潮声，它的饱满圆润也如同在海边一样。

我时常坐在玻璃箱旁，静静地看着这两块在海边极平凡的礁石，它虽然平凡，但是要找到纯白不含一丝杂质，圆得没有半点儿欠缺的珊瑚礁也不容易。这种白色的珊瑚礁原是来自深海的生物，在它死亡后被强劲的海浪冲击到岸上来，刚上岸的时候它是不规则的，要经过千百年一再的冲刷，才使它的外表完全被磨平，呈现出白玉一般的质地。

圆润的白色珊瑚礁形成的过程，本身就带着一些不可思议的神秘气息，宜于时空的联想。在深海里许多许多年，在海浪里被推送许多许多年，站在沙岸上许多许多年，然后才被我捡拾。如果我们从不会见，再过许多许多年，它就粉碎成为海岸上铺满的白色细沙了。面对海的事物，时空是不能计算的，一粒贝壳沙的形成，有时都要万年以上的时间。因此，我们看待海的事物——包括海的本身、海流、海浪、礁石、贝壳、珊瑚，乃至海边的一粒沙——重要的不是知道它历经多少时间，而是能否在其中听到一些海的消息。海的消息？是的，就像我坐在珊瑚礁的前面，止息了一切心灵的纷扰，就听到从最细微处涌动的海潮音，像是我在海岸旅行时所听见的一般。海的消息是不论我们离开海边多久，都那样亲近而又辽远、细微而又巨大、深刻而又永久。

有一个从海岸迁居到都市的老人告诉我，从海岸来的人在临终的时候，转身面向故乡的海，最后一刻所听见的潮声，与他初生时听见的海潮音之第一印象，是完全相同的。“所以，从海边来到都市的人们，死时总面向着海，脸上带着一种似有若无似笑非笑的苍茫神情，那种表情就像黄昏最后时刻海上迷离的雾气呀！”老人这样下着结论。

我边听老人说话，边就起了迷思：那一个初生的婴儿，我们顺着他的啼声往前追索，不管他往什么方向哭，最后是不是都到了海边呢？那一个临终的老人，我们顺着他的眼睛往远处推去，不管他躺卧什么方向，最后是不是都到了海岸呢？我们是住在七山八海交互围绕的世界，所以此岸就是彼岸，彼岸就是此岸，都市汹涌的人群是潮水的一种变奏，人潮中迷茫的眼睛，何尝不是海岸上的沙呢？

对于海，问题不在我们的时空、距离、位置，问题在于我们能不能体贴海的消息。眼前的白色珊瑚礁在某些时候确实让我想到临终时在心里听到海潮音的老人。他闭着眼睛，身体僵硬如石，石心里还有温暖的质地，那是属于海的部分，不能够改变的。

我养了那两个礁石很久以来，有一天，夜里开灯，突然看见了水面上翻滚漂浮着的一群生物，在灯光下闪动着荧光，我感到十分吃惊，仔细地看那群生物，它们的身体很小，小得如同初生婴儿小拇指上的指甲，身上的颜色灰褐透明，两旁则有无数像手一样的东西在划动着，当它浮到水面，一翻身，反射灯光就放出磷火一样的光芒。它身体的形状也像一片指甲，但也像一把伞，背后还有细微几至不可辨认的黑点。

这一群不知从哪里冒出来的生物就像太空船忽然来临，使我惶惑，到底这是什么生物？什么因缘突然出生在水箱里？我只能判别这群生物的诞生必与珊瑚礁石有关，其他什么都不知道。

直到有一天来了一位懂生物的朋友，他大叫一声："哎呀！这是水母嘛！"我们坐着研究半天，才做出这样的结论：水母是由体腔壁排卵，卵子孵化为胚以后，就会附着在海上的物体，像礁石一类，过一段时间从胚中横裂分离，就生出水母，一个胚分裂后会变成一群水母，我从海岸携回的白色珊瑚礁原来就有水母胚胎的附着，到水箱以后才分裂出生了一大群小水母。

“这已经是最合理的推论了，不过，”朋友带着疑惑的表情说，“理论上，水母在淡水，尤其是自来水出生，一定会立刻死亡，不会活这么久。”我们同时把目光移向在水里快乐游动的水母，它们已经活了几十天，应该还会继续活下去。

朋友说：“有一点似乎可以解释这奇怪的现象，有些科学家实验在水中生孩子，小孩生下来自然就会游泳，反过来说，水母在淡水中生活也不是不可能。”

接下来许多日子的深夜，我都会想着水母在水箱中存活的原因，它们在水箱中诞生的时候，并不知道这世界上有海，当然也没有海水的记忆，这使它可以毫无遗憾地在注满自来水的玻璃箱中生活，水母和人其实没什么不同，今日生活在欧美严寒雪地中的黑人，如何能记忆他们热带蛮荒中的祖先呢？

水母在水箱中活着，却也带给我一些恐慌，那是因为问遍所有的鱼店，没有一个人知道如何养水母，只好偶尔用海藻来喂它们，幸而水母也一天天长大，养了一整个秋天，每一只水母都长得像大拇指甲一样大了。自然，这些水母赢得了无数的赞叹，水族馆中任何名贵的水族也不能相比。

当我还在痴心妄想水母是不是可以长得像海面上的品种那么巨大的时候，水母就一只一只在箱中死亡，冬天才开始不久，一群水母就死光了。我找不出它们死亡的原因，是由于冬季太冷吗？海上的冬天不是比水箱更冷！是由于突然有了海的记忆吗？已经过了这么久，哪里还会在意！或者是由于某些不知的意识突然抬头而意识到自己只能在海里生存吗？

水母没有给我任何回声，我唯一能确信的，是那些水母临终的最后一刻，一定能听见海的潮声，虽然它们初生时并未听见。

水母死后，我经历了一段时间的忧伤，就像海边的渔民遇到东北季风。一直到有一天我和一群朋友相见，我指着水箱对他们说："在这个水箱里我曾经养过一群水母，养了一整个秋天。"竟然没有一个人肯完全地相信，因为水箱早已空了，只剩下两块失去海色的珊瑚礁，当朋友说"骗鬼！"的时候，我才真正从隐秘的忧伤中醒来。

海潮、水母、秋天、贝壳海岸，都是多么真实的东西，只是因为时间，所以不在了。

我想到，带我去贝壳沙滩的朋友，他说："主要的是去见识整个海岸布满贝壳沙的情景，捡贝壳还是小事。"最后，我没有捡贝壳，却在海岸的角落带回珊瑚礁，于是就有了水箱、有了水母，以及因水母而心情变化的秋天，还时常念记着海天的苍茫……这种真实，其实是时间偶遇的因缘。

因缘固然能使我们相遇，也能使我们离散，只要我们足够明净，相遇时就能听见相互心海的消息。即使是离散了，海潮仍然涌动，偶尔也会记起，海面上的深夜，曾有过水母美丽的磷光，点缀着黑暗。

在时间上、在广大里、在黑暗中、在忧伤深处、在冷漠之际，我们若能时而真挚地对望一眼，知道石心里还有温暖的质地，也就够了。

保持心海的单纯平静

心海的消息是非常广大无边的，就像海洋一样，海洋的表面有船只、波浪等各种变化，但是内在却非常平静。我们之所以要走菩提道，便是希望使我们的生命走向单纯平静，由于单纯平静，使我们能像海一样，映出天空的颜色。也就是说，时常保持我们的单纯平静以接收法界来的消息。

我常常举一个简单的例子来说明人和佛及菩萨之间的关系：我们就好比拥有一个收音机，可以收听到很多电台，这些电台都是菩萨的声音，只要你知道频率，二十四小时便可以随时随地听到电台的消息，纵使睡觉也不例外。当然先决条件是你要先知道频率。频率要从何得知呢？从单纯平静的生活中而来，因为趋于单纯，所以不会被复杂的事转动，因为趋于平静，就不容易散乱。这时候我们便可以知道法界的消息，甚至和法界融合为一，进而使自己也变成转播站或广播电台，可以不断发出频率。

依照《华严经》的说法，心是没有分别的，佛心就在我心，众生的心也在我心。换句话说，我是电台，也是收音机或随身听，因为我已经知道各个频率，而这些频率是看不见摸不到的。我只能说如果你不执着，“一心一境，活在眼前”，不断祈求佛和菩萨，你就可以调到法界的频率。这时，只要闭上眼睛，就可以使我们的心处在和佛菩萨相同的频率上，如此便可说是开悟或见性。

开悟或见性并非有一个特别的东西,而是指我们找到法界甚深、不可言说的奥秘。有人问我找到了没？我说找到了一点儿，但是还不很清楚，希望可以愈找愈清楚，将来不仅能收听到中广，也能收到小耳朵、中耳朵，甚至大耳朵，收到更远的消息，这也就是无边的心海。

因此，我认为追求菩提道，重要的不只在目标，而是一个不断开发的过程，即使是成佛，也是过程。像观世音菩萨在很久以前就已经成佛了，叫正法明如来，可是又回来做菩萨，像维摩诘居士也很早就成佛了，叫金粟如来。根据经典的记载，释迦牟尼佛已经成佛九千次，对他来讲，修行并没有终极目标，只有不断的过程。那么，他这一次来到世间的示现是什么呢？即是生、老、病、死和肠胃病、风湿病等等，所以当你们闹肠胃病时，一想到佛也曾经如此，不禁感到欣慰。而且佛不但结过婚，听说还娶了三个太太，生了小孩，然后才去出家，这些都是很好的示现，让我们知道菩提道的过程非常重要。

这个重要性宛如禅宗所说:“家舍即在途中。”意思是路边到处是家，并无所谓终点。所以，要珍惜我们的每一个过程，这个过程从检验想念、意念着眼，并且不要执着，要时常开发、珍惜我们投生到这个世界来的因缘。我相信在座有很多朋友从前都发过菩萨愿，才投生到这个世界，也许有人不相信，说:“哪有可能，如果我以前是菩萨，今生怎么这么痛苦。”我要提醒大家，不要小看自己，因为菩萨来到这个世界同样会遭到痛苦、无可奈何的情形，就像最好的音乐家舒伯特也有无声以对的时刻。

所以，不用担心，我们要常常提醒自己，今天之所以能学佛，是因为从无始劫来曾经发过菩提道的愿。那么我们为什么到现在还没有听到从前的愿呢？现在不妨就让我们来听听心海的消息，看看能否听到禅宗所谓“看到父母未生前的本来面目”，也就是我们的心，常常做这种检验和修行，有一天，我们将能够真正见到自己的心。

○ 陆 不宠不惊过一生

善听

在大部分地藏菩萨的塑像中，我们会看见他的身旁蹲着一只狗，这只狗有很好听的名字，叫作“善听”。就像许多菩萨的坐骑，如文殊菩萨的青狮子、普贤菩萨的白象、孔雀明王菩萨的孔雀一样，这只“善听”常常给我非常美丽的联想。

传闻“善听”的两耳，一只耳可以上听十方诸佛菩萨的法音，另一只耳可以下闻人间与恶道众生求告的声音，所以在许多画像里，都把善听的耳朵一只竖起，一只垂下。两只不平衡的耳朵，使“善听”看起来十分有精神，随时保持着警觉一般。

我对“善听”感到亲切的原因，一是我童年时代养的几只土狗，就是一耳竖起、一耳垂下，它们虽然没有名种洋犬那样名贵，却是忠心耿耿、感觉灵敏，非常通人性。二是“善听”不像文殊的青狮子或普贤的白象，非凡间之物，而是一只地藏菩萨的爱狗，青狮的威猛令人肃然，白象的优雅令人崇敬，却都没有白犬善听来得亲切。

唐朝以前的地藏菩萨法像，是没有白犬善听陪伴的。原因是，地藏菩萨虽是早就深植人心，但在新罗国的金乔觉王子来中国之前，中国人对地藏菩萨的形象还没有深刻的印象。

新罗国的王子金乔觉从小就仰慕佛法，他在二十四岁时发心出家，法名就叫“地藏”，他十分向往我国的佛法，在唐贞观四年，携带他的爱犬善听，到我国来参学。

“地藏比丘”在中国各地游化参访了数年，后来到了安徽省九华山，看到风景地势都好，就在山上结庐苦修，在长达多年苦行里，唯一陪伴他的就是善听。

后来，被一位诸葛长者游山时发现，才为他盖了一座寺院。当时的地方富豪闵阁老发心要捐出一块地，就去问地藏比丘需要多少地，地藏比丘说:“只要一件袈裟覆盖的地就够了。”闵阁老一口答应，没想到地藏比丘把袈裟一撒，竟盖满了整座九华山。闵阁老一看大喜，不但把整个九华山捐出，还叫自己的儿子随地藏大士出家，法号道明。

现在我们看到有的地藏菩萨圣像两侧有两位侍者，一位正是大护法者闵公，另一位是他的儿子，也是后来的道明法师，菩萨座前的则是白狗善听。

地藏比丘在九华山的神通事迹很多，一般人都相信他是地藏菩萨的应化示现，所以把九华山当成是地藏菩萨的道场。

在九华山，地藏比丘共住了七十五年，再也没有回过新罗，他活到九十九岁，唐朝开元二十六年七月三十日涅槃，坐缸三年，开缸时颜貌如生，骨节还能活动，如撼金石。一直到现在，地藏比丘的肉身还供奉在九华山上。

地藏比丘的生平记载在《高僧传》与《神僧传》里，是确有其人，实有其事，可惜的是，他的传记里却对“善听”着墨不多，由于大家都相信善听是地藏菩萨的侍者，从此就在中土流传了下来。

在礼拜地藏菩萨之时，我注视礼敬他身前的白狗善听，就觉得身心得到了巨大的启示。即使是俗世中一只平凡的狗，都对声音比人敏感细致，常能听闻远方的消息，可以分辨人的善意或恶念，何况是地藏身旁灵慧的善听呢！

善听，是三学里“闻”的起步，由于善听，使我们可以深切体会环境；由于善听，我们可以听见自我微妙的心灵；由于善听，我们才能“上合十方诸佛本妙觉心，与佛如来同一慈力；下合十方一切六道众生，与诸众生同一悲仰”。

我们要以什么样的心情来听闻这个世界呢？在听闻这个世界时我们的心要如何开启与对应呢？在欢喜的波涛里，我们要如何平静对待；在悲哀的浪潮中，我们又应如何不动地面对呢？

众生是我，我是众生；众生是菩萨的成就，菩萨是众生的圆满。在这浩瀚的宇宙，我们和菩萨众生都是一体的，我们怎么样对待自己，就是在对待众生，我们如何听闻菩萨与众生的声音，也就是在聆听自己的心声呀！

就让我们跟随地藏菩萨的愿力前进，去拯救恶道里的众生，也让我们跟随地藏伟大的侍者善听，张开我们内心的耳朵，深刻地、敬谨地、宽容地、充满关怀地来倾听这个世界吧！

无辩

弘一法师是控持戒极为深严的高僧，也是宋朝以还七百年间弘律最重要的一位大师。

近读倓虚老师的《影尘回忆录》，读到弘一大师在湛山寺读戒律的情景，他第一天给学生开启，就说学律的人先要律己，不要拿戒律律人，天天只见人家不对，不见自己不对，是绝对错误的。

他又说，“息谤”之法，在于“无辩”，越辩谤越深，倒不如不辩为好。譬如一张白纸，忽然染上一滴墨水，如果不去动它，它不会再往四周溅污，假若立时要它干净，马上去揩拭，结果污染一大片。

弘一大师律己，不但口里不臧否人物，不说人是非短长，就是他学生有犯戒做错，他唯一的方法就是“律己”不吃饭，不吃饭并不是存心给人怄气，而是替那做错事的人忏悔，恨自己的德行不能感化他，一次两次，一天两天，几时等你把错改正了，他才吃饭，末了你的错处，让你自己去说，他一句也不开口。

他的理由是，不以戒律“律己”，而去“律人”，这就失去了戒律的意义了。

读到这一段记述，真是令人欢喜赞叹，这种精神与情操实在不是平常人所能及的，但这种精神是值得学习的。

生活在现代的人，人际关系之复杂已到了古人难以想象的地步，人与人之间的攀缘、纠缠、相互依赖也已到了顶点。复杂的人际关系难免使我们对别人生出一些评判、怨气、不满等等。我们容易去要求别人如何如何，却很少想到自己应该怎样，不要说罚自己不吃饭，最好是别人都不吃饭，整碗由我来吃，恨不得天下人得的都是蝇头，只有我得的是大利。

除此之外，现代人的议论太多，争端与智慧成反比，终日讲一百句话，九十九句都是废话。最近有两位居住在美国的大学教授，听说还是数十年好友，为了芝麻绿豆的小事，互相在报纸上贴“大字报”，搞得双方身败名裂，在我们眼中看来，都是连篇废话，无益世道人心。

可见，律己极难，受谤而无辩更难，现代人律人不律己，因此活得满心怨气；每谤必争，所以活得非常纷乱。但是我们应该知道，要亲君子，只有律己；要远小人，只有无辩。

这个道理佛陀早就说过了，佛陀将涅槃的时候，弟子阿难问了最后四个问题，其中一个是：“师父死后，应以何为师？”

“以戒为师。”佛陀说。

另一个问题是：“应以何为法？”

“默摈。”佛陀说。

“以戒为师”是要自己来戒，不是要别人来戒。“默摈”就是“默默地摈弃”，自己应离群沉默地修净行，对一切的外缘与争端，摈弃它！

一个人能“律己”才能反观自照，一个人能“无辩”才能放下自在，这是生活在现代社会多么必要的智慧！

孤独的艺术

苏东坡寓居黄州时填过一阕《卜算子》：

> 缺月桂疏桐，漏断人初静。谁见幽人独往来，缥缈孤鸿影。
> 惊起却回头，有恨无人省。拣尽寒枝不肯栖，寂寞沙洲冷。

这阕词曾引起很多争论，其中以“拣尽寒枝不肯栖”为最。我最喜欢《耆旧续闻》里陈鹄的解释：取兴鸟择木之意。这阕词寄意高奇，将东坡被谪居黄州时的孤独心境全写出来了。

世人在听人提到“孤独”一词时，往往含带同情和怜惜，如同雾里看花，根本谬解了当事人的心境，东坡词就是一个很好的解说。

我们看群树成林固然是美，孤树挺立于原中又何尝不美？我们看白鹭群栖固然是美，独鹭浅行溪畔又何尝不美？群峦叠嶂是美，一山独立又何尝不美？况后者更能让人体会出俊秀挺拔的意义。杜甫望泰山时曾写《望岳》一诗，其中有两句：“会当凌绝顶，一览众山小。”这便是个很好的例证。

戴叔伦的《游清溪兰若》中的诗句“西看叠嶂几千重，秀色孤标此一峰”，更将孤峰的俊奇描述得兴会淋漓。韩愈的“异质忌处群，孤芳难寄林”，朱凋的“隆冬凋百卉，江梅厉孤芳”，也都是描写“孤峭卓立”的好例证。但是真正把“孤独”超升到艺术境界的，要数柳宗元的《江雪》：

千山鸟飞绝，万径人踪灭。
孤舟蓑笠翁，独钓寒江雪。

在白茫凛冽、广阔无边的千山里，不但没有丝毫人烟，连飞鸟都绝了踪影。一苇小舟上栖一位孤独的老翁，手执微不可辨的鱼竿，静静地垂向江面，钓着寒江中的白雪。那是如何的一幅画面呢？孤独所呈现的美感在短短的二十字里表现无遗。

孤独时，景物固能如上所述的那样，显露出孤独的美，人又何尝不是呢？李白曾经写过一首有名的《月下独酌》：

花间一壶酒，独酌无相亲。
举杯邀明月，对影成三人。
月既不解饮，影徒随我身。
暂伴月将影，行乐须及春。
我歌月徘徊，我舞影零乱。
醒时同交欢，醉后各分散。
永结无情游，相期邈云汉。

李白原本是独自在月下饮酒，却由于高逸的诗思，能把明月和影子招呼来一起饮酒。作者在孤独时天人合一、物我相忘的心情详尽地表现出来了，从无情的明月和影子到有情的“交欢”，打破了云汉间的高远距离。李白是一位仙才，可以说用短短的一首诗说出了孤独艺术的最高境界。

唐朝还有一位诗人王维，省察王维的诗可以发现，他的诗思绝大多数都是在孤独里咏叹孤独，他的诗境里也在显现着孤独的情趣。如他有名的《竹里馆》：

独坐幽篁里，弹琴复长啸。
深林人不知，明月来相照。

以及他的《终南别业》：

中岁颇好道，晚家南山陲。
兴来每独往，胜事空自知。
行到水穷处，坐看云起时。
偶然值林叟，谈笑无还期。

这两首诗都是很好的例子，他从孤独出发又复返孤独的诗歌意境，在唐代诗人中独树了一种风格。

不但在美感和诗歌里，孤独有它的价值，在现实生活中，孤独也有它的意义。《孟子·尽心篇》已经说出这个道理：“独孤臣孽子，其操心也危，其虑患也深，故达。”在后来许多史书里的人物都印证了这个事实，像《后汉书·戴良传》曰：“我若仲尼长东鲁，大禹出西羌，独步天下，谁与为偶。”《隋书·萧吉传》曰：“吉性孤峭，不与公卿相沉浮。”这些都表明了孤介清正不随俗的人格形态。

孤独之为用大矣！

佛家有云：“不二曰一，不异曰如，即真如之理也。”到了“清溪深不测，隐处唯孤云”，便是一种艺术境界，一旦能“非但处而特立于一身，亦出而独行于一世”，便是将孤独的艺术与生活结合为一体，无所不在而见其神了。

不着于水

近一两年，花市里普遍的都可以买到莲花了，有的花店，用几个大瓮装莲花，摆成一列放在架上，每一个瓮装一种颜色，金黄、清紫、湛蓝、纯白、粉红的莲花，五色明媚，使人走过时仿佛置身莲花池畔。

把心放平静了，把呼吸调细致一些，就会有莲花的香气从众花之中穿越出来，不愧是王者之香，即使是最浓烈的野姜花之香气，也丝毫不能掩盖那清冽的、悠远的、不染一丝尘土的清净之香。

花香里以莲香最为第一，虽然我也喜欢别的花香，但如果仔细品过莲花的香气就会知道,唯有莲花的香气可以与我们的心灵等高，或者说，唯有莲花才能使我们从尘世的梦中之梦闻到一些超尘的声息，甚而悟到身外之身。

当学生的时候，我就常常为了看莲花不惜翻山越岭。最近的莲花是长在南海学园里，坐在历史博物馆小卖部的角落，叫一杯品质不是很好的清茶，就可以从俯视的角度看植物园的千花齐放，在风华中翻转。那时感觉到连品质粗劣的清茶也好起来了，手中不管握的是什么书，总也有了书香。

有时会想，一杯茶、一卷书，还少了一炉香，如果有最好的水沉香，则人间可以无憾。有一次午后，突然悟到，如果能真正地进入莲花，则心中自有水沉香，还需要什么香呢？

这是远观，还不能真知道莲花之香。

去年秋天，我到南仁山去，借住南仁湖畔的养牛人家，牛户在竹林里种了一片莲花，有粉红与纯白两种。清晨时分，我借了竹筏撑到竹林外系住，穿林过水走到湖岸，坐在湖边看莲花在晨光中开起，然后莲香自花苞中散出来，由于竹林的围绕，香气盘桓，久久都不逸去。

那是渺无人迹的地方，空气清甜、和风沉静、湖山明澈，有丝丝莲花的香味突然飘荡起来，可想而知是多么动人！我在草坡上坐了一个上午，感觉到连自己的呼吸都有莲花的香味，惊奇地想：是不是人也可以坐成一株莲花呢？

怪不得在佛教里把莲花当成是第一供养，是供养佛菩萨最尊贵的花；又把人见到自性譬喻成从污泥中开出不染的莲花；甚至用来比喻妙法正法，最伟大的一乘教化经典，名字就叫《妙法莲华经》……这些，在南仁湖的清晨，都使我切身地体会到了。如果不是莲花这样华果具多、华宝具足、华开莲现、华落莲成，一般俗花如何能比喻妙法呢？

佛经里说，莲花有四德：香、净、柔、可爱。其香深奥悠远、其净出泥不染是我们都知道的，但莲花从花梗、花叶、花瓣都是非常柔软的，不小心珍惜，很容易断裂受损，这不也像我们的心一样，如果不细心护惜，一个人的心是很容易受伤的！但易于受伤的心，总比刚强不能调伏的心要好些。

至于可爱，我们有时会觉得兰花俗艳不堪、姜花野性难驯、玫瑰梦幻不实、百合过于吵闹，莲花却没有可挑剔的地方，一株莲花和一群莲花一样，都有宁静、清雅、尊贵、和谐的品质。这世上香花不美、美花不香颇令人感到遗憾，唯有莲花香美俱足，它的香令人清明，它的美使人谦卑。

这样尊贵的花，培植不易，以前的价钱非常昂贵，现在喜欢的人多，莲花也普及起来，一株莲花才十五元台币，如果与花店相熟，有时十元就能买到了。十元买到菩萨与自性最尊贵的供养，真是价廉物美，有时想想，人的佛性也是如此，因为普遍、人人都有，就忘失了它的尊贵。

或者不必供在案前，即使是在花市里、莲花池，看看莲花，亲近其香，就觉得莲花与自己相应而有着无比的感动。

在晨曦中，看书案前的一盆莲花盛开，在上扬的沉香中，观想自己有莲花开放，或者甚至成为花里的一缕香，这时会想起《阿含经》中说的:莲花生在水中、长在水中、伸出水上，而不着于水。如来生于人间、长在人间、出于人间，而不执着人间的法。心里就震动起来，泫然欲泣，连眼角都有了水意，深信自己虽生于水，总有一天也能像莲花一样不着于水。

在污浊的人世，还能开着莲花，使我们能有清净与温柔的对待真值得感恩。“一念心清净,处处莲花开;一花一净土,一土一如来。”愿我们在观莲花的时候，也能反观自己的莲花，在我们一念觉悟、一念慈悲、一念清净、一念柔软、一念芬芳、一念恩泽等菩提心转动的时候，我们的莲花就穿出贪嗔痴慢疑欲望的水面，在光明的晨光中开启了。

当我们像饱含甘露的莲花时，我们就会闻到从我们身体呼出来的最深的芳香!

感同身受

芦苇知道在秋天开出白茫茫的花是感同身受。

枫树知道在秋天展放红艳艳的叶是感同身受。

风，使我们凉，是感同身受。

雨，使我们湿，是感同身受。

阳光，使我们温暖，是感同身受。

涛声，使我们震动，是感同身受。

我们最亲的人病了，我们知道什么是感同身受；我们走过医院病房，听见陌生人的哀号，何尝不是感同身受呢？

我们从无助的境况中艰难地挣扎出来，当我们再看到无助者陷落的时候，是不是感同身受呢？

我们在路边看见有人被疾驰的车撞倒，奄奄喘息血流遍地的时候，令我们酸楚落泪，是不是感同身受呢?

感同身受再大一些，是无缘大慈；感同身受再深刻一些，是同体大悲；能感同身受又能拔苦与乐，就是菩萨了。

让我们闭起眼睛，观想世界众生在我的心地，然后张开眼睛，以虔诚的心来读一段《华严经》:

> 皆悉与我同行、同愿、同善根、同出离道、同清静解、同情净念、同情净趣、同无量觉、同得诸根、同广大心、同所行境、同理同义、同明了法、同净色相、同无量力、同最精进、同正法音、同随类音、同清净第一音、同赞无量清净功德、同清净业、同清净报。同大慈周普救一切、同大悲周普成熟众生、同清净身业随缘集起,令见者欢喜。同清净口业随世语宣布法化、同往诣一切诸佛众会道场、同往诣一切佛刹供养诸佛、同能现见一切法门、同往菩萨清净行地。

亲爱的陌生人，秋天的时候，我们站在芦苇丛中是不是和芦苇一样感到秋风的凄凉？我们站在红枫层层里，是不是也看见了我们被寒风冻红的双颊呢?

那么，我们又何能冷漠地、孤傲地生活在人群里呢?

在微细的爱里

苏东坡有一首五言诗，我非常喜欢：

钩帘归乳燕，穴牖出痴蝇。
爱鼠常留饭，怜蛾不点灯。

对才华盖世的苏东坡来说，这算是他最简单的诗，一点儿也不稀奇，但是读到这首诗时，却使我的心深深颤动，因为隐在这简单诗句背后的是一颗伟大细致的心灵。

钩着不敢放下的窗帘，是为了让乳燕能归来。看到冲撞窗户的愚痴的苍蝇，赶紧打开窗门让它出去吧！担心家里的老鼠没有东西吃，时常为它们留一点儿饭菜。夜里不点灯，是爱惜飞蛾的生命呀！

诗人那个时代的生活我们已经不再有了，因为我们家里不再有乳燕、痴蝇、老鼠和飞蛾了，但是诗人的情境我们却能体会，他用一种非常微细的爱来观照万物，在他的眼里，看见了乳燕回巢的欢喜，看见了痴蝇被困的着急，看见了老鼠觅食的心情，也看见了飞蛾无知扑火的痛苦，这是多么动人的心境呢？我们有很多人，对施恩给我们的还不知感念，对于苦痛生活在我们身边的人吝于给予，甚至对于人间的欢喜悲辛一无所知，当然也不能体会其他众生的心情。比起这首诗，我们是多么粗鄙呀！

不能进入微细的爱里的人，不只是粗鄙，他也一定不能品味比较高层次的心灵之爱，他只能过着平凡单调的日子，而无法在生命中找到一些非凡之美。

我们如果光是对人有情爱、有关怀，不知道日落月升也有呼吸，不知道虫蚁鸟兽也有欢歌与哀伤，不知道云里风里也有远方的消息，不知道路边走过的每一只狗都有乞求或怒怨的眼神，甚至不知道无声里也有千言万语……那么我们就不能成为一个圆满的人。

我想起一首杜牧的诗，可以和苏轼这首诗相配，他是这样写的：

已落双雕血尚新，鸣鞭走马又翻身。
凭君莫射南来雁，恐有家书寄远人。

洪炉一点雪

从前有一位持戒僧，一生坚守戒律，有一天夜里在野外行走，突然踩到东西觉得有破裂的声音，这位僧人心想：糟糕了！莫非是踩到一只怀孕的蛤蟆吗？不想还好，一想心中又惊又悔。

晚上睡觉的时候，他梦见一大群蛤蟆来向他讨命，整夜惊怖畏惧不能安稳，好不容易挨到天亮，他立刻跑去昨夜踩死蛤蟆的地方，没有看见蛤蟆，却见到一个破裂的茄子。

僧人当下疑情顿息，才知道三界无法，唯心所造，光是外在的守戒是不够的，应该反观自心修行。

这是龙门佛眼禅师讲给弟子听的故事，接着他给这个故事下了结论："假如夜间踏着时，为误是蛤蟆？为误是老茄？若是蛤蟆，天晓看是老茄。若是老茄，天未晓时又有蛤蟆索命。还断得吗？山僧试为诸人断看，蛤蟆情不脱，茄尚犹存，要得无茄解，日午打黄昏。"

好一个日午打黄昏！

因为即使第二天天亮时看到茄子，也无法证明昨夜踏到的不是蛤蟆，到底是路上的茄子为真？还是梦中的蛤蟆为真？如果不脱除对蛤蟆的疑情，或执着于茄子的存在，要想得到解脱就像正午和黄昏打架，是不可能的。

蛤蟆与茄子的故事提供了我们两个层次的思考，一是不论遇到任何外在变迁，反观自心是最重要的，若不能解开心的葛藤，则想蛤蟆就梦蛤蟆，见茄子则执茄子，都会成为修行的障碍，因此要从心做起。二是表现了禅宗"当下即是"的精神，这一刻的把握、这一刻的悟才是最重要的，不要落入上一刻的纠缠，不要在悼悔中过日子；万一真的踩到蛤蟆，也要当下忏悔回向、当下承担，否则如何得到真正的清净呢？

关于反观自心，佛眼禅师还做过一个比喻，说有一个人鼻头沾了一点儿粪，他起先不知道，闻到臭味时以为自己的衣服臭，嗅了衣服果然臭，他就换了新衣服。但不管他拿到什么东西，都以为是他拿的东西臭，不知道臭在自己的鼻上。后来遇到一个有智慧的人告诉他，臭在鼻上，他先是不信，试试用清水洗了鼻子，立即全无臭气，再嗅一切东西也都不臭了。

这是禅宗有名的"鼻头着粪"，佛眼禅师说："参禅亦然，不肯自休歇向己看，下寻合那，下寻会解，觅道理做计较，皆总不是。若肯回光，就己看之，无所不了。"

关于当下承担，禅宗里有许多公案，例如南泉普愿禅师，因为他的弟子东西两堂争一只猫，他说："道得即救猫，道不得即斩。"

他的弟子无言以对，他就把猫斩了。例如归宗智常禅师除草的时候，见到一条蛇立时把蛇斩了。例如丹霞天然禅师取佛像来烧，人家都批评他，他说："我烧取舍利。"人说："木头有何舍利？"他说："无则再取两个烧。"例如德山宣鉴禅师呵佛骂祖等等。

古来禅师这样的例子非常多，在凡俗眼中是犯了不可原谅的大戒，但在证悟者的眼中却是最上乘境界，原因是他们都能当下承担、无所分别、契入法性。当然，这种行止，我们凡夫是不可学的，学了反增罪业，但我们应该知道有这样的境界。那是"苦匏连根苦，甜瓜彻蒂甜"的境界；是"打破乾坤，当下心息"的境界；是"一击响玲珑，喧轰宇宙通"的境界；也就是"我有明珠一颗，久被尘劳关锁；今朝尘尽光生，照破山河万朵"的境界。

近代高僧月溪禅师曾说："十方三世佛及一切众生，修明心见性的法门只有三种：第一种是奢摩他，中国音叫寂静，就是说眼耳鼻舌身意六根齐用，破无始无明见佛性。第二种的法门叫作三摩提，中国音叫作摄念，就是说六根的一根统领五根，破无始无明见佛性。第三种法门叫作禅那，中国音叫作静虑，就是说六根随便用哪一根破无始无明见佛性。"——不管我们用寂静、摄念或静虑来明心见性，都具有反观自心、当下承担的精神。

古代的祖师以自性比作洪炉，生死比作一点儿雪，自性中不着生死，如雪不能入燃烧的洪炉，对明心见性的人，生死如一点儿雪，那么这世界上还有什么蛤蟆与茄子的分别呢？

问题是，在这转动纷扰的世界，能寂静、摄念、静虑来面对自我的，又有几人呢？

佛经上说：“三界无安，譬如火宅。”对禅者而言，火宅不在三界，而在自心，心的纷乱、纠缠、煎熬、燃烧，才是一切不安的根本，而三界的安顿也是心的安顿罢了。

召集有缘人的钟声

《高僧传》里，记载天台智者大师的传记，有一段我特别喜欢。

智者大师有一次做梦，梦见一座岩崖万重的大山，云日半垂在山上，山崖下则临着极深的沧海，海水非常澄澈。有一位僧人在山峰上，伸出手来摇着打招呼，又要挽他上山，正要上山的时候梦却醒了。

智者大师醒来后把梦见的情景告诉弟子，他座下有去过天台山的弟子就说："这是位于会稽的天台山呀！历代有许多高僧住在那里。"智者于是和弟子慧辩等二十余人南下，要到天台山去。

那时，天台山住着一位青州来的高僧定光，他已经在天台山住了四十年，在智者大师抵达天台山的两年前，他就对山里的百姓预告说："有一位大善知识会来住在本山，你们应该多种豆造酱，编蒲草为席，盖一些新房子来欢迎他。"

后来智者大师果然到了天台山，和定光相见，定光一见面就对他说："大善知识，你还记得早年我在山上对你摇手相唤的事吗？"智者感到非常惊异，才知道自己早年的梦不是幻象，而是真实的存在。

那时是陈朝太建七年九月的秋天，当智者大师抵达天台的时候，天台山的山谷响遍了洪亮的钟声，久久不绝，大家都感到非常奇异。定光说：“这是召集有缘人的钟声呀！”

智者大师于是在天台山住了下来，后来开启了天台宗，成为佛教八大宗之一，智者大师也是使佛学中国化的第一人。他在天台山住了二十二年，建造大道场三十六所，在他座下剃度的出家的弟子有一万五千多人。

听过这响满山谷的有缘人的钟声，我们再来看智者大师的两则小故事。他小时候就喜欢到寺院游玩，七岁的时候到寺院，一位师父看他聪明伶俐，就教他念《法华经普门品》，读过一遍，他就会背诵了。智者大师二十岁受了比丘戒后，往光州大苏山去拜慧思禅师为师。慧思一见到他就知道了宿昔的因缘，对他说：“从前我们一起在灵鹫山听世尊讲《法华经》，有这样深的宿缘，所以今天又在这里见面了。”于是对他示现普贤菩萨的道场，指授他修行的要旨。智者经过二十一天入观修行，豁然贯通，定慧圆融，而且证悟了天眼通、天耳通、他心通、神足通、宿命通、漏尽通六种神通。

可见得智者大师的宿缘之深厚，他到天台山时，天地山谷为他鸣钟，实在是极自然的事了。

“有缘人的钟声”是佛教最基本的思想基础，就是一切成住，一切坏空，无不是因缘的聚散变灭，而在智慧追求的道路上，只有有缘的人才能听见山谷里遍响的钟声，也才能为钟声所召集。

纵使相逢应不识

我们现在再来说一个故事。

唐朝的法顺大师，又名为杜顺和尚，他是华严宗的初祖，相传是文殊菩萨的化身。

杜顺和尚年轻的时候，跟随道珍禅师修习定法，有很多神验。有一年，唐太宗生热病，下诏向杜顺问：“朕为劳热所苦，以大师的神力何以灭除？”杜顺说：“皇上以圣德统治天下，小病何忧？但颁大赦，圣躬自安。”唐太宗听从他的建议，下诏大赦天下，病马上就好了。太宗为表彰杜顺，赐号为“帝心”。从此，杜顺和尚的圣号就闻名于天下了。

虽然杜顺这么伟大，到晚年的时候，还有弟子不能知道他的殊胜。在他晚年的时候，有一位追随他多年的弟子来向他告假，说是要到五台山去朝礼文殊菩萨的道场。杜顺听了，也不阻止弟子，而且微笑着准许了他的告假，临行还赠他一首偈：

游子漫波波，台山礼土坡。
文殊只这是，何处觅弥陀？

弟子还是不能领会他的意思，便收拾行囊向五台山出发了。好不容易走到五台山下，他向一个老人问路说："我想到五台山去顶礼文殊菩萨，不知要怎么走？"

老人说："文殊菩萨现在不在五台山，而是在终南山，就是高僧杜顺和尚呀！"

弟子听了心头一惊，非同小可，因为杜顺和尚不正是自己的师父吗？于是兼程赶回终南山。等他赶到终南山时，杜顺已经在十一月十五日坐化了，他无缘见到师父的最后一面。

这个故事真是应了民间的一句俗话："有缘千里来相会，无缘对面不相识。"还有一副对联说："天雨虽广难育无根之草，佛门虽大不度无缘之人。"都是说明"缘分"的重要。

对于缘分的实质或者想象，总是带给我们一种无限奥妙深远的情愫，同时也给人生的浮云聚散带来一些茫然、一点儿惆怅。

不过，非常确定的一点是，对于无数的人，即使文殊菩萨站在眼前，也不能相识，那是有如盲人看月，月是一直存在的，只是眼盲的人不能看见罢了！

只可惜世界上有很多人不能珍惜缘的成就、缘的力量与缘的殊胜。

佛的三种不能

在《景德传灯录》里，记载了一则元珪禅师的故事。

元珪禅师在中岳庞坞修行的时候，住在一个简陋的茅草屋里。有一天一位戴漂亮帽子穿着华丽衣服的公子来拜访他，这位公子有很多随从，浩浩荡荡地到了茅屋前面，称元珪为大师。元珪见他形貌奇伟异常，就问他说："仁者有何贵事，到老僧的陋室来呢？"

"大师，你认识我吗？"那位公子说。

元珪说："在我的眼里，佛与众生没有分别，我都同等对待，你是谁又有什么分别呢？"

公子说："我就是这座山的山神，可以使人死去，也能让人重活，你怎么可以把我看成和别人一样呢！"

元珪说："我本来不生，你又怎么使我死呢？我看我的身体与虚空相同，看我和你相同，你如果能毁坏虚空和你自己，才能毁坏我，你能毁坏虚空和你自己吗？我早就是达到不生不灭境界的人了，你尚且不能有不生不灭的境界，何况是令我生死呢？"

岳神听了，知道元珪禅师是得道的高人，立即稽首顶礼拜他为师，并且由禅师授以杀、盗、淫、妄、酒五戒，正式收为弟子。

岳神受了三皈五戒之后，问元珪禅师说："我的神通和佛比起来怎么样？”

元珪说：“如果把神道说成十能，你有五能五不能，佛则有七能三不能。”

岳神一直自认神通广大，听到禅师所说，悚然避席跪地说：“请师父开示。”

元珪说：“我问你，你能使上帝往东天奔跑，而在西边同时出七个太阳吗？”

“不能。”岳神说。

“那么，你能夺住地上所有的神明吗，你能使五岳连结在一起吗，你能让四大海的海水融合在一起吗？”

“不能。”岳神说。

“这就是你的五种不能。”元珪禅师继续说，“我现在来告诉你，佛的三种不能：佛能空一切相，成万法智，而不能火定业；佛能知群有性，穷亿劫事，而不能化导无缘；佛能度无量有情，而不能尽众生界。这就是佛的三种不能。但是，定业并不是牢久不可破的，无缘也只是一段时间，并不是永远的……依我所解悟的佛，他并没有什么神通，只是以无心来通达一切的法罢了。”

这个故事说明了佛教的基本精神，就是佛并不是万能的，他有无限的智慧与能力，却不能灭除每个人自己做下的定业果报；他知道众生都有佛性，究竟了无始劫的因缘，却不能感化教导没有缘分的人；他能度的有情众生是无数量限制的，但却不能把众生全部度尽，因为有许多无缘的众生。

佛的三种不能里，有两种是与缘分有关的，可见缘分乃是这个世界上最困难的事。佛陀当年在灵鹫山上讲《妙法莲华经》，现场就有五千人站起来走掉，佛陀的弟子都很生气，佛陀却一点儿也不生气地说："他们是机缘还没有成熟呀！"

这真是彻见了人生因缘的智慧之语。我们在这有情的人间，被抛弃、被见离、被轻忽、被生离死别，饱受了种种情感的折磨，如果我们能进入因缘的内在世界，平心静气地说："我们是机缘还没有成熟呀！"这时，我们就超越了束缚，照见人生是因缘合成的本来面目。

因缘沉埋八千年

在佛经里，把一切有为法由缘而生成，称为"缘生"；把一切事物的待缘而起，称为"缘起"；但一切因缘都不是永恒的，转眼消失，叫作"缘灭"。

我们常说"因缘""因果"，到底因、缘、果之间有什么关系和差别呢？我们可以这样简单地说：森罗万象都自因缘而成，因缘合成而生的就叫果。这在经典上是"因则能生，果则所生，缘则助生"，对所生成的果来说，因是亲而强力的，缘则是疏而弱力的。例如种子为因，雨露农夫等环境因素为缘，这因缘合成生出来的米，就是果。

了解到这一层，我们就知道因果之间有绝对关系，但却不是必然关系。例如说我们种了一个因，这个因没有缘的相会，它就永久止于未来，不能显现它的果。我们前面说“佛不能灭定业”，定业虽不可灭，却可以“止”，用愿力改变诸缘，则定业的果就永远不能结了。

举一个例子说，有一年我到埃及去旅行，在开罗博物馆看到许多从法老王墓穴中挖出来的食物种子，有小麦、稻子、玉米等等，那是法老王陪葬用的种子，因为在古老埃及人的轮回观念里，认为人死后转生另一个世界，是带着灵魂、身体、黄金、食物一起转生的，因此才有木乃伊以及非常多而丰富的葬品。

我特别留意那些种子，种子中最老的，干燥后埋在地里已有八千年的历史了，到本世纪才被挖掘出来。

开罗博物馆的导游告诉我们，那些沉埋数千年的种子被挖出来以后，都做过实验，发现大部分的种子都还能发芽、开花、结果，而埃及许多早就消失的谷种，都因这些种子的发现，重新生存到这个世界上。

当时，我听到这里，看那些用锦盒盛着的黑灰色谷种，心里有一种美丽的感动，人的转生虽无法证明，但那些种子不正是转生的预示吗？

用埃及的种子来解释因、缘、果，就能有一个明显的说明：种子被埋在地里八千年没有被挖掘，在那漫长的八千年里，它一直是一个因；八千年后被发现了，被实验、被种植、被期待、被照愿，都是各种缘的会合；最后证明它还能结出果实，这是果的完成。

从这里联想，我们今生所感召的果，何尝不是经过遥远生世所埋下的因，在这一生中会面的缘所生出来的呢？如果没有缘，就是沉埋数千年的因也不能结果呀！

处处都是明亮动人的钟声

佛陀曾以钻木取火来说因缘法，他说："诸法皆如是，譬如两木相揩，火出还烧木，木尽火便灭。"因缘正是如此，两根木头里何尝有火呢？可是相碰以后就有了火，火是从哪里来？往哪里去？火出来以后把木头烧了，木头烧完，火又熄灭了。

两个人相会也是如此，两个人心里何尝有情感呢？可是一相遇情感就产生了，情感从哪里来？往哪里去？情感之火点燃以后把两个焚烧，烧完了情感，火就熄灭了。

这就是"因缘合乃成，因缘离散即灭"的实相，也是大至宇宙、小至人生的实相，同时也都是空相。面对这种人生不可避免的真实，我们要如何呢？修行者告诉我们最好的人生道路是：

心田不长无明草，性地常开智慧花。

说我们看待因缘最好的人生道路是：

历尽万般红尘劫，犹若凉风轻拂面。

我们是薄地的凡夫，很难做到那样的境界，但是我常常对别人说，要“惜缘”，要“不弃世缘”，那是因为今生的每一个因缘都不是那么容易得到，只有惜缘的人才能坦然无悔，只有不弃世缘的人才能知道每一次小小的因缘都是历经亿万年流浪生死的一回照面，那么追求更高的般若智慧，体验万古长空一朝风月的机缘，不更是非常非常之难吗？

让我们回到心灵明净的自我，聆听在我们自性深处声音虽小却明亮动人的钟声吧！让我们在高山的时候，听高山之钟；在海滨，听海滨之钟；在森林，听林木之钟；在变幻的蓝天，听白云、彩霞、霓虹，甚至乌云的钟声。

这个世界，到处都敲着召集有缘人的钟声，随遇都是有缘人，钟声不只敲在天台山谷，也不只响遍寺院之中，只要我们足够明净，时时都能听到有缘的钟声。

河的感觉

一

秋天的河畔，菅芒花开始飞扬了，每当风来的时候，它们就唱一种洁白之歌，芒花的歌虽然是静默的，在视觉里却非常喧闹，有时会见到一颗完全成熟的种子，突然就爆起，向四面八方飞去，那时就好像听见一阵高音，哗然。

与白色的歌相应和的，还有牵牛花的紫色之歌，牵牛花瓣的感觉是那样的柔软，似乎吹弹得破，但没有一朵牵牛花被秋天的风吹破。

这牵牛花整株都是柔软的，与芒花的柔软相互配合，给我们的感觉就是，大地虽然已经逐渐地冷肃了，山河依然是如此的清朗，特别是有阳光的秋天的早上，柔情而温暖。

在河的两岸，被洗刷得几乎仅剩下砾石的河滩虽然有各种植物，却以芒花和牵牛花争吵得最厉害，它们都以无限的谦卑匍匐前进。偶尔会见到几株还开着绒黄色碎花的相思树，它们的根在沙石上暴露，有如强悍的爪子抓入土层的深处。比起牵牛花，相思树高大得像巨人一样，抗衡着沿河流下来的冷。

河，则十分沉静，秋日的河水浅浅的、清澈的，在卵石中穿梭，有时候流到较深的洞，仿佛平静如湖。

我喜欢秋天的时候到砾石堆中去捡石头，因为夏日在河岸嬉游的人群已经完全隐去，河水的安静使四周的景物历历。

河岸的卵石，实在有一种难以言喻的美。它们长久地在河里接受洗刷，比较软弱的石头已经化作泥水往下流去，坚硬者则完全洗净外表的杂质，在河里的感觉就像是宝石一样。被匠心磨去了棱角的卵石，在深层结构里的纹理，就会像珍珠一样显露出来。

我溯河而上，把捡到的卵石放在河边有如基座的巨石上接受阳光的暴晒，准备回来的时候带回家。

连我自己都不能确知，为什么那样地爱石头，这里面一定有什么原因还没有被触到。有时我在捡石头时突然遇见陌生者，会令我感到羞怯，他们总是用质疑的眼光看着我这异于常人的举动。或者当我把石头拾回，在庭院前品察并为之分类的时候，熟识的乡人也会以一种似笑非笑的眼光看我，一个人到了三十六岁还有点儿像孩子似的捡石头，连我自己也感到迷思。

那不纯粹是为了美感，因为有一些我喜欢的石头经不起任何美丽的分析，只是当我在河里看到它的时候，它好像漂浮在河面，与别的石头都不同。那感觉好像走在人群中突然看见一双仿佛熟悉的眼睛，互相闪动了一下。

我不只是捡乡间河畔的石头，在国外旅行的时候，如果遇到了一条河，我总会捡几粒石头回来作纪念。例如有一年我在尼罗河捡了一袋石头回来摆在案前。有人问起，我说:“这是尼罗河捡来的石头。”那人把石头来回搓揉，然后说:“尼罗河的石头也没有什么嘛！”

石头捡回来，我很少另作处理，只有一次是例外，我在垦丁海岸捡到几粒硕大的珊瑚礁石，看出它原是白色的，却蒙上灰色的风尘，我就用漂白水泡了三天三夜，使它洁白得像在海底看见的一样。

我还有一些在沙仑淡水河口里捡到的石头，是纯黑的，隐在长着虎苔的大石缝中，同样是这岛上的石头，有的纯白，有的玄黑，一想到，就觉得生命颇有迷离之感。

我并不像一般的捡石者，他们只对石头里浮出的影像有兴趣，例如石上正好有一朵菊花、一只老鼠或一条蛇，我的石头是没有影像的，它们只是记载了一条河的某些感觉以及我和那条河相会面的刹那。但偶尔我的石头会出现一些像云、像花、像水的纹理，那只是一种巧合，让我感觉到石头在某个层次上是很柔软的，这种坚强中的柔软之感使我坚信，在最刚强的人心中，我们必然也可看见一些柔软的纹理，里面有着感性与想象，或者梦一样的东西。

在我的书桌上、架子上，甚至地板上到处都堆着石头，有时在黑夜开灯，觉得自己正在河的某一处激流里接受生命的冲刷。

那样的感觉好像走在人群中突然看见一只仿佛熟识的眼睛，互相闪动了一下。

二

走在人群中看见熟识的眼睛互相地闪动，常常让我有河的感觉。

当我回来居住在台北的时候，我会沿着永吉路、基隆路，散步到最繁华的忠孝东路去。我喜欢在人群中东张西望，或者坐在有玻璃大窗的咖啡店旁边，看着流动如河的人群。虽然人是那样拥挤，却反而给我一种特别的宁静之感，好像秋日的河岸。

在人群中的静观，使我不至于在枯木寒灰的隐居生活中沦入空茫的状态。我知道了人心的喧闹，人间的匆忙，以及人是多么渺小，有如河里的一粒卵石。

我是多么喜欢观察人间的活动，并且在波动的混乱中找寻一些美好的事物，或者说找寻一些动人的眼睛。人的眼睛是五官中最会说话的，它每时每刻表达着比嘴巴还要丰富的语言。婴儿的眼睛纯净，儿童的眼睛好奇，青年的眼睛有叛逆之色，情侣的眼睛充满了柔情，主妇的眼睛充满了分析与评判，中年人的眼睛沉稳浓重，老年人的眼睛则有历经沧桑后的一种苍茫。

如果说我是在杂沓的城市中看人，还不如说我在寻找着人的眼睛，这也是超越了美感的赏析的态度，我不太会在意人们穿什么衣服，或者在意现在流行什么，或者什么人是美的或丑的。回到家里，浮现在我眼前的，总是人间的许许多多的眼神，这些眼神，记载了一条人的河流的某些感觉以及我和他们相会时的刹那。

有时，见到两个人在街头相遇，在还没有开口说话之前，他们的眼神就已经先惊呼出声，而在打完招呼错身而过时，我看见了眼里的轻微的叹息。

我们要了解人间，应该先看清众生的眼睛。

有一次，我在统领百货公司的门口，看到一位年老的婆婆带着一位稚嫩的孩子坐在冰凉的地板上乞讨，老婆婆俯低着头，看着眼前的一个装满了零钱的脸盆，小孩则仰起头来，有一对黑白分明的眼睛，滴溜溜转着，看着从前面川流而过的人群。那脸盆前有一张纸板，写着双目失明的老婆婆家里沉痛的灾变，她是如何悲苦地抚育着唯一的孙子。

我坐在咖啡店临街的位置，却看到好几次每当有人丢下整张的钞票，老婆婆会不期然地伸出手把钞票抓起，匆忙地塞进黑色的袍子里。

乞讨的行为并不令我心碎，只是让我悲悯，当她把钞票抓起来的那一刹那，才令我真正地心碎了。好眼睛的人不能抬眼看世界，却要装成失明者来谋取生存，更让人觉得眼睛是多么重要。

这世界有许多好眼睛的人，却用心把自己的眼睛蒙蔽起来，周围的店铺招牌上写着“深情推荐”“折扣热卖”“跳楼价”“最心动的三折”等等，无不是在蒙蔽我们的眼睛，让我们的心的贪婪伸出手来，想要占取这个世界的便宜，就好像卵石相碰的水花，这世界的便宜岂是如此容易就被我们侵占？

人的河流里有很多让人无可奈何的事相，这些事相益发令人感到生命之悲苦。

有一个问卷调查报告，调查青少年喜欢的十大活动，排在第一位的竟是“逛街”，接下来的是“看电影”“游泳”。其实，这都是河流的事，让我看见了整个城市这样流过来又流过去，每个人在这条河流里游泳，每个人上演着自己的电影，在过程中茫然地活动，并且等待着结局。最好看的电影，结局总是悲哀的，但那悲哀不是流泪或号啕，只是无奈，加上一些茫然。

有人说过，城市的人擦破手，感觉上比乡下人擦破手要痛得多，那是因为，城里的人难得有破皮流血的机会，为什么呢？因为人人都已是一粒粒的卵石，足够的圆滑，并且知道如何来避免伤害。

可叹息的是，如果伤害是来自别人、来自世界，总可以找到解决的方法，但城市人的伤害往往来自无法给自己定位，伤害到后来就成为人情的无感，所以，有人在街边乞讨，甚至要伪装盲人才能唤起一丁点儿的同情，带给人的心动，还不如“心动的三折”。

这往往让人想到溪河的卵石，卵石由于长久的推挤，它只能互相地碰撞，但河岸的风景、水的流速、季节的变化，永远不是卵石关心的主题。

因此，城市里永远没有阴晴与春秋，冬日的雨季，人还是一样渴切地在街头流动。你流过来，我流过去，我们在红灯的地方稍作停留，步过人行道，在下一个绿灯分手。“你是哪里来的？”“你将要往哪里去？”没有人问你，你也不必回答。你只要流着就行了，总有一天，会在某个河岸搁浅。没有人关心你的心事，因为河水是如此湍急，这是人生最大的悲情。

三

我喜欢坐船。如果有火车可达的地方我就不坐飞机，如果有船可坐我就不搭火车。那是由于船行的速度慢一些，让我的心可以沉潜；如果是在海上，船的视界好一些，使我感到辽阔；最要紧的是，船的“噗噗”的马达声与我的心脏合鸣，让我觉得那船是由于我心脏的跳动才开航的。

所以在一开航的刹那，就自己叹息：呀！还能够活着，真好！

通常我喜欢选择站在船尾的地方，在船行过处，它掀起的波浪往往是形成一条白线，鱼会往波浪翻涌的地方游来，而海鸥总是逐波飞翔。

船后的波浪不会停留太久，很快就平复了，这就是“船过水无痕”，可是在波浪平复的当时，在我们的视觉里它好像并未立刻消失，总还会盘旋一阵，有如苍鹰盘飞的轨迹，如果看一只鹰飞翔久了，等它遁去的时刻，感觉它还在那里绕个不停，其实空中什么也没有了，水面上什么也看不见了。

我的沉思总是会在波浪彻底消失时沦陷，这使我感到一种悲怀。人生的际遇事实上与船过的波浪一样，它必然是会消失的，可是它并不是没有，而是时空轮替自然的悲哀，如果老是看着船尾巴，生命的悲怀是不可避免的。

那么让我们到船头去吧！看船如何把海水分割为二，如何以勇猛的香象截河之势，载着我们通往人生的彼岸。一艘坚固的船是由很多的钢板千锤百炼铸成，由许多深通水性的人驾驶，这里面就充满了承担之美。

让我也能那样勇敢地破浪、承担，向某一个未知的彼岸航去。

这样想时，就好像见到一株完全成熟的芒花，突然爆起，向八方飞去，使我听见一阵洁白的高音，唱哗然的歌。

著作权合同登记号　图字：01-2018-5674

图书在版编目（CIP）数据

守住一颗宁静的心 / 林清玄著 . - 北京：北京十月文艺出版社，2020.2
ISBN 978-7-5302-1949-2

Ⅰ . ①守… Ⅱ . ①林… Ⅲ . ①散文集—中国—当代
Ⅳ . ① I267

中国版本图书馆 CIP 数据核字（2019）第 104220 号

本著作物经北京阅享国际文化传媒有限公司代理，由九歌出版社有限公司授权，在中国大陆出版、发行中文简体字版本。

守住一颗宁静的心
SHOUZHU YIKE NINGJING DE XIN
林清玄 著

出　版　北京出版集团公司
　　　　北京十月文艺出版社
地　址　北京北三环中路 6 号
邮　编　100120
网　址　www.bph.com.cn
发　行　新经典发行有限公司
　　　　电话 (010)68423599　邮箱 editor@readinglife.com
经　销　新华书店
印　刷　北京汇林印务有限公司
版　次　2020 年 2 月第 1 版
　　　　2020 年 2 月第 1 次印刷
开　本　850 毫米 × 1168 毫米 1/32
印　张　9
字　数　202 千字
书　号　978-7-5302-1949-2
定　价　58.00 元
质量监督电话　010-58572393
如有印装质量问题，由本社负责调换